Rendezvous mit der Geisterwelt

Vorwort

Seit meiner Arbeit im Krankenhaus vor 17 Jahren, glaube ich an die Existenz von Geistern. Ich habe selbst schon einige unerklärliche Erlebnisse gehabt, besonders nach Sterbefällen und auf Intensivstationen. Während meiner Aufarbeitung von diesen Erlebnissen, bin ich auf Personen gestoßen, die Ähnliches erlebten. Die Geschichten dieser Personen, erzähle ich hier nach.

Ich habe besonders darauf geachtet, nichts zu verändern, da ja die jeweiligen Empfindungen der betroffenen Personen rüberkommen sollten. Manche Geschichten sind beängstigend, manche beruhigend.

Für manche Ereignisse gab es im Nachhinein Erklärungen oder Gründe, einige bleiben jedoch unerklärt.

Ich wünsche Ihnen viel Spaß beim Lesen.

Der verstorbene Onkel und die anderen Seelen

Mein Onkel war mehrfach klinisch Tod und hatte mir auch oft von einem Licht erzählt, welches er dann gesehen hatte, ein sehr warmes und beruhigendes Licht. Als er dann endgültig starb, in der Nacht bin ich genau in dieser Minute wach geworden.

Am Schlimmsten fand ich jedoch vor 5 Jahren ein Erlebnis, was mich immer noch sehr erschreckt. Ich hatte 2 Hunde, die bei mir im Schlafzimmer geschlafen haben. Eines Nachts wurde ich wach und hörte in der Ecke des Zimmers etwas rascheln, die Hunde fingen wie verrückt das Knurren an und schauten als auf diese Stelle.

Keine Minute später tat es in der Wohnung unter mir einen höllischen Schlag und nicht nur meine Hunde sondern auch unten der Hund fingen wie wild zu Bellen an. Ich sprang sofort aus dem Bett und rannte ein Stock tiefer. Die Nachbarin die früher in meiner Wohnung lebte, also auch in meinem Schlafzimmer geschlafen hatte, lag Tod auf dem Boden.

Sie ist einfach umgefallen und war Tod. Hat man sie erst in meinem Schlafzimmer gesucht? Haben die Hunde gespürt, dass da jemanden war? Fragen auf die ich wohl niemals eine Antwort bekommen werde.

Spuk im Bestatterhaus

Kurz nachdem wir umgezogen waren, fing es an, zunächst im Schlafzimmer. Ich spürte immer wieder Schauer über meinen ganzen Körper. Das kam nicht nur kurz vor, wie beim Frieren. Es war extrem lang anhaltend und unglaublich intensiv. Ob es warm war, oder kalt...diese Schauer bekam ich komischerweise nur im Schlafzimmer.

Gleichzeitig fühlte ich mich dort sehr unwohl. Ich wollte nur weg, traute mich jedoch nicht nachts aufzustehen, um an den Lichtschalter zu kommen. Ich fühlte mich beobachtet. Ich war dort nicht allein, das fühlte ich einfach. Das passierte immer wieder und irgendwann mied ich dann den Raum. Mein Kleiderschrank war da noch. Wenn ich in den Raum musste, überkam ich immer sofort ein Gefühl, als ob ich nicht allein war.

Wenn ich zur Toilette musste, musste ich immer automatisch zur Schlafzimmertür gucken. Der Flur machte dort einen Knick. Es ließ sich also nicht vermeiden.

So beließ ich dann die Wohnsituation und schlief nur noch im Wohnzimmer. Immer öfter reagierte jetzt aber mein Hund. Das war neu. Er guckte genau in den Winkel im Flur, wo sich diese Tür befand. Das steigerte sich in den nächsten Wochen. Er knurrte in die Nische, das immer öfter.

Dann zitterte er, sobald er meine Wohnung betreten sollte. Er fühlte sich dort auch nicht mehr wohl und blieb am liebsten unten im Haus bei meiner Mutter. Selbst draußen im Garten schaute er immer wieder hoch zu meinen Fenstern und knurrte und zitterte.

Das fiel dann natürlich meinem Sohn auch auf. Bis dahin habe ich alles für mich behalten. Ich hatte Angst, dass mein Kind sich fürchtete. Aber das hat mein Hund mit seiner Art von ganz allein geschafft. Das Knurren in den Flur rein, das Zittern und dabei in den Flur gucken....

Den Höhepunkt schaffte dann der Geist selbst. Mein Sohn war unten bei meiner Mutter, der Hund eh und ich war arbeiten. Als ich nachhause kam waren alle aufgeregt. Oben war ein extrem lautes Poltern, der Hund stand unten an der Treppe und bellte wie verrückt, der rannte unten auf und ab, sah immer wieder hoch und meine Mutter und mein Sohn hatten Schiss.

Jetzt redeten wir das erste Mal darüber, alle gemeinsam und auch mein Sohn hatte schon immer ein Problem mit dem Schlafzimmer und diese Nische im Flur.
Dann gab es noch 2 Vorfälle...

Ich machte am Abend immer Teelichter an. Die hingen am Fenster im Wohnzimmer. 2 Stück. Die hielten natürlich nie lange und gingen recht schnell aus. Also lange bevor ich schlief. Beide gingen aus, ich sah noch lange fern, die Teelichter waren schon runter gebrannt, morgens klingelte mein Wecker, ich machte mir Kaffee und Frühstück, machte den Fernseher an, aß und plötzlich geht eins der beiden Teelichter an! Ich schlief nicht. Ich stand auf, hatte ein ganz komisches Gefühl, nahm es, pustete es aus und schmiss es ins Wasser. Es ging von ganz allein an, obwohl es um ca. 21.00 aus ging und es morgens um 6.00 war.

Ein paar Wochen später komm ich nach der Arbeit nachhause und bemerkte im Flur einen so intensiven Brandgeruch, dass ich mir sicher war, irgendwo im Haus ist Feuer. Ich suchte erst meine Wohnung ab und rannte dann runter und suchte dort. Natürlich nichts. Als ich wieder oben im Flur war, nichts mehr. Kein Geruch. Es war weg.

Ich erzählte dann alles einer ehem. Kollegin, diese wurde sofort hellhörig und sagte, sie kann mir vielleicht helfen. Sie hat dann ausgeräuchert und Weihwasser an die Türrahmen gemacht.
Ins Schlafzimmer bin ich nicht mehr gegangen, hatte da weiterhin nur die Kleidung.
Der Hund wurde ruhiger. Ich blieb skeptisch, ging aber danach anders damit um. Wenn ich aufs Klo musste sagte ich zum Beispiel "bleib du mal da".... Was weiß ich, ich redete eben mit ihm.

Jetzt ist mein Haus weg und der Geist wohl auch.
Das waren meine Erfahrungen.
Als mein Haus abgerissen wurde, erzählte mir die ehemalige Besitzerin, dass ganz früher ihr Vater Bestatter war und dort Leichen hatte. Außerdem ist genau an meinem Haus ein 9 jähriger Junge totgefahren worden. Wie ein Kind fühlte sich der Geist nicht an.

Der verstorbene Kater

Vor einiger Zeit musste ich einen meiner Kater einschläfern lassen, er hatte einen inoperablen Darmtumor. Er war mein kleiner Liebling. Ein paar Stunden später an dem Tag fiel auf einmal die Gardine runter, gut, kann ja mal passieren, aber ich habe eben überlegt, ob es wohl ein Zeichen von ihm war? Kurze Zeit später hörten eine Freundin und ich ein komisches Vogelgezwitscher aus der Wohnung, ich dachte erst, es wäre ein Klingelton auf dem Handy, aber niemand von uns hat so einen Ton, es war kein Handy und ein Vogel konnte ja auch nicht in der Wohnung sein.

Nun gut, es gibt manchmal seltsame Dinge, muss ja nichts heißen.
Dann habe ich eines Abends gespürt, wie eine Katze auf mein Bett springt, als ich Licht gemacht habe, um zu schauen, wer es ist, war keiner da. Etwas später hörte ich dann jemanden am Schrank kratzen, ich hab wieder das Licht eingeschaltet, auch da war keine Katze zu sehen.

Heute früh saß ich am Schreibtisch und hörte hinter mir ein schweres Atmen, als würde eine Katze dort schlafen, mein Kater hat manchmal dieses Geräusch gemacht, aber dann dachte ich sofort, nein, kann ja nicht er sein, mal gucken, wer so tief schläft - und auch wieder keine Katze zu sehen, das Geräusch war dann auch weg, nachdem ich mich umdrehte.

Und an einem Tag saß ich im Büro und ein Vogel "klopfte" an die Scheibe, ein Buchfink. Ich habe dann mal gegoogelt, das machen Vögel wohl in der Brutzeit, weil sie denken, ihr Spiegelbild sei ein Rivale. Kann also auch wieder nur Zufall sein, aber es geschehen eben so viele "außergewöhnliche" Dinge seit seinem Tod - ob etwas davon Zeichen von ihm waren oder denkt ihr, es sind einfach Zufälle und man bezieht es dann einfach auf seinen Tod?

Ich bin jetzt niemand, der gleich von Übersinnlichem ausgeht, auch wenn mich das Thema sehr interessiert, aber trotzdem versuche ich immer, alles realistisch zu sehen und vernünftige Gründe zu finden.

Mein Kater war eine Woche schlecht zurecht und eines Abends hatte ich auch das Gefühl, eine Katze würde in mein Bett springen, obwohl keine dort war. Da habe ich dann gedacht, es ist sicher meine 3 Jahre zuvor verstorbene Katze, die mir sagen will, dass mein Kater bald gehen muss...

Zu dem Zeitpunkt wusste ich noch nicht, dass er einen Darmtumor hat und bald gehen muss, es war nur so ein Gefühl, was sich leider bewahrheitet hat. Es kamen immer mal wieder kleinere Zeichen. Ein paar Monate später hörte es dann von selber auf.

Mysteriöse Wasserpfützen

Im Sommer fing es an. Ich (15) war mit einer Freundin unterwegs nach München. Dort hatten wir vor meine Cousine (13) vom Bahnhof abzuholen und gemeinsam nach Hause zu fahren. Anfangs war alles gut und es gab keinerlei Probleme. Jedoch merkte ich am Abend, dass ich leichte Halsschmerzen bekam. Meine Cousine schlief auch in meinem Zimmer auf einer Matratze. Als ich am nächsten Tag aufwachte, konnte ich kaum noch sprechen, schlucken oder etwas trinken vor lauter Halsschmerzen.

Meine Mutter fuhr mit mir dann zum Arzt, wo sich herausstellte, dass ich eine sehr starke Mandelentzündung habe. Da zu diesem Zeitpunkt noch nicht sicher war ob ich eine Mandelentzündung oder pfeiferisches Drüsenfieber hatte, sagte der Arzt zu meiner Cousine, sie solle in ein Extrazimmer gehen. Ich war also dank der Mandelentzündung die nächsten Tage flachgelegen.
Und an diesem Tag fing alles an:

Wir kamen nach Hause und uns erwarteten viele kleine Wasserpfützen. Vom Waschbecken zur Treppe, dann zum Sofa ins Wohnzimmer. Damals dachten wir, jemand hätte einfach nur ein bisschen Wasser ausgeschüttet. Außerdem waren diese Pfützen überall da wo sich meine Cousine aufhielt. Zu diesem Zeitpunkt dachten wir uns also noch nichts dabei. Jedoch ging es am nächsten Tag weiter. Überall Wasserpfützen. Es sah so aus als hätte jemand ein Glas Wasser auf den Boden geschüttet.

Meine Mutter hatte an diesem Tag das ganze Haus geputzt und durchgewischt. Zehn Minuten später fand meine Cousine weitere Wasserpfützen, überall verteilt im Flur. Das Komische daran war, dass ich kurz davor selbst im Flur war um meine Schuhe wegzuräumen. Und da waren noch keine Wasserpfützen!! Außerdem fing es an diesem Tag an, dass plötzlich Süßigkeiten im Haus verschwanden. Meine Mutter suchte nach Süßigkeiten die wir kurz darauf zusammengeknüllt oder aufgegessen irgendwo im Schrank fanden.

Es war auch sicher, dass es niemand aus der Familie war. Am Donnerstag ging es dann weiter. Mir ging es schon besser und ich saß auf dem Sofa. Ich stand auf um in die Küche zu gehen. Da hob meine Cousine plötzlich das Kissen vom Sofa auf und was schwamm da auf dem Sofa? WASSER!! Wir konnten es einfach nicht fassen!!

Weder war es ein Wasserschaden noch war es jemand aus der Familie oder die Katzen. Am Nachmittag ging ich ins Bad und erschrak: Eine riesige Wasserpfütze war auf dem Boden, als hätte jemand außerhalb der Dusche geduscht!! Und wieder wusste Keiner, von woher das Wasser kam. Am Freitag ging es dann weiter: Mal wieder unten im Wohnzimmer, überall verteilte Wasserpfützen und mal wieder eine große im Bad an der gleichen Stelle wie am Vortag.

An diesem Tag kam auch hinzu, dass meine Mutter mal wieder in ihrem Zimmer die Süßigkeiten suchte. Die Gummibärchen waren ALLE aufgegessen. In ihrem Osterkörbchen, was ich ihr geschenkt hatte, waren viele Süßigkeiten verschwunden und ein paar auch aufgegessen. Wir waren wirklich alle geschockt, da ja keiner wusste, WER DAS WAR?!? An dem Tag sind wir alle mit meiner Cousine zu ihr nach Hause gefahren, da ihr Papa am nächsten Tag Geburtstag hatte.

Wir hatten Angst, als wir nach dem Wochenende wieder nach Hause kamen, dass überall wieder Wasserpfützen auftauchen würden. Nur war seitdem nie wieder etwas gewesen. Weder verschwundene Süßigkeiten noch irgendwelche Wasserpfützen. Das Komische ist, dass diese Vorfälle alle anfingen als meine Cousine kam und aufhörten als sie wieder ging. Kann es sein, dass sie von einem Geist begleitet worden ist? Wir nehmen an, dass es die Schwester war, die vor 5 Jahren ertrunken war.

Die tote Frau neben mir

Während meiner Ausbildung war ich mit einem jungen Mädchen zusammen. Leider zog die Familie in eine andere Stadt, so dass wir uns nicht mehr sahen. Ca. 25 Jahre hatten wir uns aus dem Auge verloren und durch einen Zufall wieder gefunden und auf Anhieb wieder gut verstanden. Plötzlich erhielt ich die Nachricht, dass Babsi mit 100 Sachen gegen eine Mauer gefahren ist. Es gab einen Abschiedsbrief, aus dem ihr Nochehemann mir vorwarf, wenn ich nicht wieder aufgetaucht wäre, wäre sie noch am Leben.

Sie soll sich wohl wieder alte Zeiten zurück gewünscht haben, da ihre Ehe durch Fremdgehen durch ihren Mann wohl auch kaputt war. Das war echt ein Schock für mich. Sie hatte mir das immer anders dargestellt.

Ich selber habe auch so meine Probleme. Depressionen nach einigen Tiefschlägen, unter anderen nachdem sich meine Frau selbst verwirklichen wollte und andere Probleme.... Ich selber glaubte mittlerweile, nichts mehr wert zu sein und hatte mit meinem Leben eigentlich abgeschlossen.

Leider war ich dann doch immer zu feige dazu, die entscheidenden Schritte zu gehen, aber jeden Morgen wünschte ich, es sei mein letzter.

Eines nachts bin ich aufgewacht. Damals hielt ich das für einen Traum, weil es so klischeeartig, wie im schlechten Film ablief. Ich schwebte über meinem Körper und sah in einer Raumecke einen milchigen Schleier. Dahinter

Babsi, die mir etwas sagen wollte Das klappte jedoch nicht. Ich bat sie, mich mit zu nehmen und sie schüttelte den Kopf. Dann verschwand sie und ich wachte tatsächlich auf und war wieder ich.

Vor ein paar Monaten war ich dann bei einem Freund zu Besuch. Er hatte eine mir unbekannte Frau zu Besuch, die mich irgendwann plötzlich, sehr merkwürdig anschaute aber nichts sagte. Ich nehme mal vorweg, dass ich an diesem Tag irgendwie gefroren habe, obwohl es sehr warm war. Als mein Bekannter kurz weg musste, und uns im Garten alleine ließ sagte sie plötzlich zu mir, da steht die ganze Zeit eine Frau neben Ihnen und will Ihnen was sagen. Und sie beschrieb mir Babsi!!!!!!!!!

Wie ich sie in dem "Traum" gesehen habe und nannte mir ihren Namen! Um mich davon zu überzeugen, da ich sehr skeptisch war, sollte sie mir plötzlich Dinge über ein Tattoo sagen, dass Babsi damals nur für mich hat stechen lassen.

Die Details haben wir niemanden erzählt und ich glaube, dass dieses Tattoo nur ihr Mann kannte. Das hätte sie niemals mit Gesprächstechniken unbemerkt von mir erfahren können. Die Details hätte sie nur wissen können, wenn es Babsis Mann, ich, oder eben Babsi selber gesagt hat. Die mediale Frau erzählte mir noch etwas, was ich aber für mich behalten möchte. Das würde ich niemals Fremden erzählen. Sie wusste es.

Und dann erzählte mir die Frau, dass Babsi mich vor einer Person warnen wollte, der ich sehr vertraue. Diese würde mich fürchterlich enttäuschen und mir sehr wehtun.

Und dann noch, dass Babsi mir mitteilen wollte, dass sie meinen Wunsch noch nicht erfüllen dürfe. Ich müsse noch warten.

Dann offenbarte Babsi der Frau worum es ging, worauf diese mir sehr böse noch eine letzte Botschaft - Prophezeiung von Babsi ausrichtete und dann den Kontakt abbrach, da sie damit nichts zu tun haben wollte. Ich darf sie auch nicht für Rückfragen, oder Bitten für weitere Kontaktaufnahmen ansprechen. Sie ist gegangen.

Nun ist die erste Vorraussagung eingetroffen. Sie hat mich tatsächlich kurze Zeit später sehr enttäuscht und mir damit sehr wehgetan. Da habe ich immer noch mit zu kämpfen. Die zweite Prophezeiung hat mit meinem Wunsch zu tun, dass sie mich hier abholt und mitnimmt. Aktuell darf sie das nicht, aber sie hat mir ausrichten lassen, dass sie mich in einem Jahr abholen kommt, wenn ich das bis dahin immer noch will. Das wäre dann im Mai.

Ich habe wieder von Babsi "geträumt"... als ich weinend im Bett lag. Sie kam nahm meine Hand, strich mir über den Kopf und hat auf alles, was ich gesagt und gefragt habe mit einem Kopfschütteln reagiert und ist wieder gegangen. Seit dem habe ich sie nicht mehr gesehen, spüre aber manchmal diese Kälte.

Wie ist das einzuschätzen? Ich bin eigentlich ein Skeptiker, was das Thema Geister angeht und dachte an eine Spinnerin. Aber ich zweifle nun, vor allem nach dem Eintreffen der ersten Prophezeiung sehr. Auch dass die Frau Details wusste, die wirklich nur Babsi und ich kennen konnten, die ich niemanden erzählt habe. Ich frage mich ja auch, was diese Frau davon gehabt haben soll, mir "Blödsinn" zu erzählen, da sie 1. mich nicht kannte 2. laut meinem Freund diese Gabe wohl hat, von vielen aber als Spinnerin angesehen wird und 3. überhaupt keine beruflichen Ambitionen damit hat.

Sie würde ja noch nicht mal Geld dafür bekommen. Warum sollte sie sich also eine derart glaubwürdige Story ausdenken und mir die verkaufen wollen. Einen Kontakt dieser Frau zu Babsis Mann würde ich nicht annehmen. da liegen über 500 Kilometer dazwischen und die Begegnung im Garten auch eher zufällig und nicht geplant.

Ich bin mir sicher, dass das Alles real war. Ich habe auch keine Angst mehr vorm Sterben, ich weiß, Babsi wartet auf mich. Allerdings will ich mich jetzt nicht mehr selber umbringen, ich warte einfach auf mein Schicksal.

Der unheimliche Gefährte meiner Katze

Eigentlich bin ich ein sehr realistischer Mensch. Ich studiere Jura im 3. Semester, also ein eher trockener Berufszweig. An Gott, Geistern und anderen Wesen habe ich bisher nie geglaubt.

Obwohl meine Familie sehr gläubig ist, bin ich immer eine Zweiflerin gewesen. Seit einiger Zeit, um genau zu sein seit etwa Mai, passieren seltsame Dinge. Bis vor kurzem habe ich es ignoriert oder versucht, logische Erklärungen dafür zu finden. Das letzte Ereignis aber kann ich nun nicht mehr ignorieren.

Aber von Anfang an:
Letztes Jahr im Februar habe ich zwei ausgesetzte, mehr tote als lebendige Babykatzen im Wald gefunden. Eine hat meine Mama aufgenommen, die andere habe ich zu mir geholt, obwohl ich nie der Katzenmensch war. Ich bin der absolute Hundetyp.

Jedenfalls habe ich sie die ersten Wochen mit der Flasche aufgezogen, da sie noch nicht fressen konnte. Sie war mir und meinem Mann gegenüber sehr lieb und anhänglich. Doch im Mai änderte sich das schlagartig. Sie fing plötzlich und ohne erkennbaren Grund an, mich anzugreifen, zu kratzen und zu beißen, sie fauchte sehr oft wenn sie mich sah. Meinem Mann gegenüber verhielt sie sich wie eh und je.

Auch zu mir kam sie noch ab und zu und legte sich auf meine Brust und ich konnte sie kraulen. Doch aus dem heiteren Himmel griff sie mich jedes mal wieder an.

Manchmal nach 5 Minuten, manchmal nach einer Stunde. Oft hat sie mich, und das tut sie bis heute, auch gezielt angegriffen, also sie lag beispielsweise friedlich schlafend auf ihrem Kratzbaum, ich betrat das Zimmer und sie sprang mich an und klammerte sich an mir fest und biss und kratzte. Jedem anderen Mensch gegenüber ist sie zwar scheu, aber friedlich. selbst der Tierarzt kann sie ohne Probleme Händeln.

Zu diesem Zeitpunkt fingen auch ihre Fixierungen an. Von ihrem Kratzbaum im Wohnzimmer aus hat sie einen Punkt fixiert, das Fell gesträubt und hat diesen Punkt mit den Augen bis ins Wohnzimmer verfolgt. Dann hat sie minutenlang auf einen Punkt neben dem Fernseher gestarrt und plötzlich hat sie sich wieder entspannt. Ich dachte mir nichts dabei, vielleicht eine Mücke...

Jedenfalls hat sich das gehäuft, auch im Schlafzimmer ist öfters Ähnliches passiert. Ich habe dem keine Bedeutung zugeschrieben.

Etwa 2 Monate später fingen die Probleme mit meinem Mann an. Er war plötzlich öfters gereizt, war auch vom Wesen her manchmal ganz anders. Er hat eine irrsinnige Eifersucht und Wut entwickelt. Aber er hatte auch viele "klare" Momente, in denen er beinahe unter Tränen sagte, dass er nicht wisse was mit ihm los sei. Es wäre als ob jemand anders aus ihm sprechen würde. Manchmal habe ich ihn abgeschaut und konnte ihn nicht erkennen. Es ist schwer, das zu beschreiben. Dann fingen auch die Beleidigungen an. Er beschimpfte mich manchmal ohne Grund aufs Übelste.

Wir sind zusammen seit ich 16 Jahre alt bin aber so habe ich ihn nie erlebt. Mittlerweile ist es um ein Vielfaches schlimmer geworden, seine klaren Momente werden immer weniger, vor etwa 4 Wochen hat er mir die Nase gebrochen. Und weiterhin beteuert er, wenn er mal normal ist, dass er nicht weiß, was mit ihm los sei. Er sagt, er liebt mich von ganzem Herzen und er kann es sich selbst nicht erklären. Nun gut, Krisen hat jeder.
Als er mir die Nase gebrochen hat, habe ich ihn rausgeschmissen und in der Nacht kam eine Freundin zu mir, da ich natürlich fix und fertig war.

Gegen 7 Uhr morgens hörten wir plötzlich aus dem Wohnzimmer, wie eine Tüte raschelt und kurz darauf, wie etwas Schweres, Rundes über den Boden rollte. ich dachte natürlich an meine Katze, aber als ich ins Wohnzimmer ging war sie nicht da.
Ich fand sie tief schlafend im Schlafzimmer im Bett. Wir suchten das Wohnzimmer nach etwas rundem ab, das rollen könnte, aber da war nichts. Eine Tüte stand da aber.
Etwa 3 Monate zuvor geschah auch etwas seltsames, bei mir im Geschäft. In unseren Toiletten wurde neuer Boden verlegt und seitdem ging die äußere Toilettentür nur mit viel Kraftaufwand zu, und nicht ohne Schrammen im Boden zu hinterlassen, weshalb sie stets geöffnet war.

Ich arbeite nebenher in einer Spielhalle, welche im UG eines Hauses liegt. Es war kurz vor Feierabend und ich bin wie immer alleine da gewesen. Ich ging zur Toilette, schloss die Kabinentür und plötzlich hörte ich, wie die äußere Türe zugeschlagen wurde. Zuerst dachte ich natürlich an einen Scherz oder evtl. einen Überfall und beeilte mich, die Kabine zu verlassen. Die Türe war tatsächlich zu.

Schnell ging in zur Theke, da ich schon befürchtete, dass sich jemand an der Kasse bedient hatte. Dem war nicht so. Da wir keine Fenster haben, ist ein Luftzug ausgeschlossen. Es müsste jemand gewesen sein. Also spulte ich die Kamera zurück... Und ich sah... Nichts. Niemanden. Unsere Kamera zeigt die Treppe. Die einzige Möglichkeit, die Spielhalle zu betreten. Es war aber keiner da.

Da überkam mich zum ersten Mal Panik und zum ersten Mal kam mir der Gedanke, dass etwas nicht stimmt. Ganz und gar nicht stimmt! Ab diesem Tag überkamen mich beinahe jeden Abend, den ich dort verbrachte, eine Panik und das Gefühl, nicht alleine zu sein. Aber das ist normal nach so einem Ereignis.

Als die nächsten Wochen aber nichts passierte, entspannte ich mich wieder und vergas den Vorfall. Leider war das alles erst der Anfang.

Einmal, das war im Juli dieses Jahres, saß ich in der Küche und lernte, mein Freund kam nach Hause und fing an, wegen einer Kleinigkeit zu diskutieren. Daraus wurde ein Streit, wir standen in der Küche und diskutierten lautstark, als plötzlich das Glas in der Küchentür zersprang. Unsere Küchentür besteht aus einem Rahmen, in dem 4 Milchglasscheiben eingebracht Sind. Eine davon ging zu Bruch, die Scherben flogen zu beiden Seiten, also schien es, als wäre die Scheibe quasi von innen heraus explodiert. Ich erklärte mir das mit den Temperaturschwankungen.

Etwa 2 Wochen später war ich mittags alleine zuhause und ging mit meinem Hund nur kurz raus, um ihn pieseln zu lassen. Ich war vielleicht 5 Minuten draußen und als ich heim kam, lag mein Schuhschrank auf dem Boden, die Spiegel der einzelnen Schubladen waren vom Aufprall natürlich zersprungen. Dieser Schuhschrank steht seit 5 Jahren da und ist in der Wand verankert. Er war auch nie locker oder wacklig, Ich machte meine Katze dafür verantwortlich, allerdings ist sie nie vorher auf diesen Schrank gesprungen.

Das nächste Ereignis fand wieder im Geschäft statt, wir hatten gerade keine Kundschaft und ich schaute auf den Kameramonitor. Dort waren ein paar Beine zu sehen, die auf den Treppen standen, etwa bis zum Knie konnte ich sie sehen. Die Person hatte eine schwarze, weite Hose an und schwarze Stiefel. Etwa 3 Minuten lang starrte ich auf den Monitor und wunderte mich, weshalb jemand einfach dort stand, ohne sich zu bewegen. Ich beschloss vor die Tür zu gehen um nachzuschauen, doch als ich ankam war d niemand mehr. Auch auf der Kamera war dann nichts mehr zu sehen.

2 Tage später war ich mit meinem Hund und meiner Freundin und ihrem Hund im Park. Es war etwa 23 Uhr und wir setzten uns auf eine Bank. Plötzlich fiel ein riesiger Stein genau neben uns zu Boden, 5 cm weiter links und er wäre mir auf den Kopf gefallen. Über uns befand sich nichts und hinter uns war ein Fluss. Auch konnten wir niemanden sehen, weit und breit.

Eine weitere Woche später wachte ich morgens auf und hatte ein komplett zugeschwollenes Auge. Ich wurde daraufhin auf Allergien getestet, allerdings ohne Befund. Im Oktober begannen meine Haare auszufallen. Kreisrunder Haarausfall. Auch bekannt unter dem Namen Alopecia Areata. Auch dafür wurde keine Ursache gefunden, auch nicht in einer Heidelberger Privatklinik. Und das letzte, das passierte ist auch der Grund, warum ich das alles überhaupt schreibe.

Der Speicher meines IPhones war voll, und so machte ich mich ans löschen. Plötzlich stieß ich auf ein Video, dessen Bild schwarz war, ich klickte es an und hörte mich und meine Freundin reden, etwa 20 Sekunden lang. Doch schlagartig verstummten unsere Stimmen und man hört ein paar Sekunden lang gar nichts. Ich wollte es schon löschen, als ich ein Knurren hörte.

Der Bildschirm war weiterhin schwarz, nur am unteren Rand sah man nun schemenhaft, wie sich etwas auf und ab bewegte. Das Video geht 25 Minuten lang. Die Stimmen von mir und meiner Freundin sind nicht mehr zu hören, allerdings hört man permanent ein seltsames, tiefes Knurren, atmen.

Mir sträubten sich sofort alle Haare und ich rief meine Freundin, die auch sofort kam. Zu diesem Zeitpunkt hatte ich mir etwa 5 min des Videos angehört. Diese Freundin ist die, die anfangs auf dem Video zu hören ist, gemeinsam hörten wir es uns bis zum Schluss an. Es war das Schlimmste, Furchterregendste, was wir jemals gehört haben, immer wieder hört man meinen Namen. Und "Komm zu mir". Alles in einem tiefen Knurren, die Kopfhörer, über die wir es beim zweiten Mal angehört haben, haben richtig im Ohr vibriert.

Damit ihr euch das vorstellen könnt: es klingt, als ob jemand seinen Hals zusammendrückt und „hrrrrrrr" macht. Ich kann es schwer beschreiben. Ich habe das Video vorgestern entdeckt. Es sind noch andere Dinge vorgefallen, allerdings würde das den Rahmen hier sprengen.

Ich überlegte nochmals, wann die ganzen Dinge anfingen, eigentlich mit der Katze. Ich sah mich gezwungen sie abzugeben und tatsächlich, der Spuk hörte auf.

Der unheimliche Gips-Arm

Meine Mutter hat mir heute beim Kaffeeklatsch, als wir über die kommende Weihnachtszeit gesprochen haben, mal wieder ihr unheimliches Erlebnis berichtet, etwas, wovon sie mir schon als Kind öfters mal erzählt hat. Vor einiger Zeit hat sie mir jedoch ein weiteres Detail offenbart, welches dieses Erlebnis erst wirklich noch unheimlicher macht.

Wo ich mich jetzt heute wieder daran erinnert habe, läuft es mir doch schon kalt den Rücken runter..... ich bin jemand der zwar Interesse für Ungewöhnliches hegt, eigentlich jedoch überhaupt nicht an diesen ganzen "Schmarren" glaubt, dennoch, es gibt Menschen, denen vertraue ich so sehr, dass ich einfach nicht glauben kann, dass sie sich etwas ausgedacht haben und lügen. Meine Mutter zählt zu diesen Menschen.

Meine Mutter ist im Ausland geboren und in der Nähe von Athen/ Griechenland aufgewachsen. Die Familie lebte in einem alten bäuerlichen Häuschen, mitten im Nirgendwo.

Dort sah sie als junges Mädchen, an einem kalten Winterabend, einen vollständig in Gips eingehüllten Unterarm am Fenster ihres Hauses, welches sich im Erdgeschoss befand. Sie meinte nach einigen Sekunden war der "Arm" wieder weg. Ihre Mutter sagte ihr, dass es sicherlich ein Landstreicher war um zu betteln.

Jahre später, mit Anfang 20, zog meine Mutter mit ihrer Schwester nach Deutschland, genauer gesagt München. Ich war zu dem Zeitpunkt noch lange nicht geboren. Dort hatte sie ein kleines Zimmer gemietet. Im 4ten Stock. Sie hatte keine Vorhänge.

Als sie da im Zimmer saß, es war spät nachts, war er wieder da! Der vollständig in Gips eingehüllte Unterarm, den sie als junges Mädchen in einem völlig anderen Land gesehen hat, war wieder am Fenster erschienen. Wieder nur für wenige Sekunden. Wie gesagt, diesmal sogar im 4ten Stock, ohne Balkon!

Und wenn das nicht schon zu viel des guten war, passierte dies ein weiteres mal, wieder der eingegipste Unterarm im 4ten Stock, wieder in der Nacht, wieder nur für ein paar Sekunden. Und es war jedes Mal NICHTS mehr zu sehen, wenn sie ans Fenster ging.
Als sie weg gezogen ist, tauchte der Arm nie mehr wieder auf. Bis heute.

Sie erzählte mir die Story mit Gelassenheit, als ich jedoch nachhakte wurde sie nervös und meinte, wir sollten besser am Abend nicht über solche Dinge reden und plötzlich meinte sie, dass sie es sich vielleicht auch eingebildet hat oder ob der Freund meines späteren Vaters sich einen Scherz erlaubte, mit einer Leiter in den 4ten Stock kletterte und den Arm ans Fenster hielt....., hat es plötzlich klein geredet, obwohl davor brisant berichtet. Ich kenne meine Mutter, wenn sie nervös ist oder merkt, irgendwas könnte Probleme machen oder macht ihr Angst, kehrt sie es gerne unter den Teppich. Dennoch war sie weder müde bzw. hat geschlafen (hat Fern gesehen), noch unter Alkohol oder Drogen. Als ich meinte, wie man sich denn zweimal dasselbe Einbilden kann, habe ich gemerkt, dass sie noch mehr Angst bekam.

Ich finde das schon sehr unheimlich, das sie diesen Arm auch hier in Deutschland mehrmals sah, hat sie mir als Kind nie erzählt. Das hat sie wie gesagt erst vor einigen Jahren offenbart. Noch dazu im 4ten Stock, wo keine Balkons waren. Wie kann jemand da oben hin klettern? Ich war regelrecht erschrocken als ich das hörte.

Was meint ihr? Einbildung? War es ein Geist? Folgen Geister Menschen in andere Länder? Warum der Gips? Nach einigen Überlegungen kamen wir dazu, dass es vielleicht der Geist ihrer Schwester war, sie verstarb an einen Autounfall, der Arm war auch völlig zertrümmert. Sie starb jedoch, bevor sie selber geboren wurde, deshalb hatte sie ursprünglich nicht darüber nachgedacht.

Das unheimliche Bild

Bisher hatte ich nie an Geister geglaubt, bis mir am Sonntag selber etwas merkwürdiges passierte. Meine Freundin und ich können es kaum glauben und wir halten uns seitdem für verrückt. Letztes Wochenende war ich mit meiner Freundin bei meiner Cousine. Wir haben sie besucht und waren 2 Nächte bei ihr. Am Sonntag wollten wir dann abreisen (mit dem Zug).

Da wir Probleme hatten den Bahnhof zu finden haben wir Google Maps benutzt. Schließlich haben wir den Bahnhof auch gefunden, allerdings war der Zug schon weg. Der nächste Zug kam erst ca. zwei Stunden später. Ich war schon sehr genervt weil unsere Zugfahrt ziemlich weit bis zu uns nach hause ist. Und nun hatten wir wahnsinnig viel zeit. Also beschloss ich mit meiner Freundin zu Fuß bis zur nächsten Zug Haltestelle zu gehen um die zeit zu vertreiben. Wieder haben wir uns den Weg von Google Maps anzeigen lassen.

Wir gingen durch ein Walsgebiet, dort fiel uns ein Haus auf. Ich sagte zu meiner Freundin dass ich mir das mal gerne von innen angucken möchte. Sie war nicht sehr begeistert von der Idee (es war schon dunkel und kalt).

Aber ich habe sie überredet. Also gingen wir zum Eingang des Hauses. Neben dem Eingang war ein Schild mit der Bezeichnung: „DR. ANNA". Es war ein sehr altes Haus, aber es war kein Fenster zerschmissen und die Tür stand weit offen. Schließlich gingen wir rein. Was wir dann sahen gefror uns das Blut in den Adern. Wir betraten einen Raum in dem eine Art Arzt - Stuhl stand und in einem Schrank standen Behälter mit Organen oder so was.

Überall lagen Unterlagen herum. Wir gingen weiter ins nächste Zimmer und mussten das Handy Licht einschalten, weil es zu dunkel war. Dann kamen wir in ein Schlafzimmer...es lagen noch Kleider auf dem Boden. Lange war hier auf jeden Fall kein Mensch mehr gewesen. Meine Freundin hatte wahnsinnige Angst und wollte raus. Ich wollte mir nur noch das oberste Zimmer angucken.

Plötzlich entdeckten wir ein Bild (Riesen groß) an einer Wand. Auf diesem Bild war nichts außer einem Baum mit einer Wiese im Hintergrund. Wir schauten uns weiter um und auf einmal knallte ein Glas oder so was in einem anderen Zimmer auf den Boden. Wir erschreckten uns und wollten so schnell wie möglich raus. Wir gingen schnell wieder den Flur entlang wo das große Bild an der wand hing.

Auf einmal sagte meine Freundin: „Ach du Scheiße, guck mal." Ich traute meinen Augen nicht. Auf dem Bild war auf einmal eine weinende alte Frau zu sehen. Es war alles gleich, der Baum, die Wiese, bis auf die weinende Frau. Es war definitiv das gleiche Bild. Wir gingen schnell raus und rannten mehr oder weniger zum Bahnhof um den Zug nicht zu verpassen.

Zu Hause angekommen googelte ich Dr. Anna. Und was ich da gelesen habe, gefror mir das Blut in den Adern. Das Haus steht wohl schon sehr lange leer. Diese Frau Dr.

Anna hatte damals mit ihrem Mann diese Praxis betrieben.

Nach seinem Tod verwahrloste die alte Frau und starb dann allein in dieser Praxis. Was zum Teufel hat es mit dem Bild auf sich und was hat das Glas zum runter fallen gebracht???? Meine Freundin ist sich auch zu 100% sicher, das vorher nur ein Baum mit Wiese auf dem Bild war, denn wir haben das Bild ein paar Minuten betrachtet. Das war das Unheimlichste was ich jemals erlebt habe.

Der schwarze Schatten

Vor einiger Zeit hatte ich ein unheimliches Erlebnis, was mich noch heute sehr begleitet. Zu meiner Geschichte: Ich wohne jetzt schon zehn Jahre hier. In einer Neubausiedlung, dass Haus ist knapp 16 Jahre alt, also noch verhältnismäßig neu. Vor vier Jahren, habe ich zum ersten Mal, mein "Problem" mitbekommen. Ich weiß nicht wie ich es weiter definieren soll.

Unser Wohnzimmer grenzt an unserem Flur, mit einer großen Glastür. Wenn ich auf der Couch sitze, kann ich gerade so den Flur sehen. Als ich damals spät in der Nacht Fernsehen geschaut habe, lief jemand durch den Flur. Die Gestalt, zu diesem Zeitpunkt dachte ich das wäre mein Vater, oder meine Mutter, lief von der Treppe, durch den Flur, in Richtung Badezimmertür, die ich aber aus diesem Winkel nicht mehr sehen kann.

Dies war jedoch etwas verwunderlich, da diese Gestalt, nicht zurückgekommen ist. Man ist normalerweise der Vermutung, wenn einer auf die Toilette geht, er diese auch wieder verlässt. Ich dachte nur, dass ich das nicht mitbekommen habe und ging dann auch ins Bett. Am nächsten Morgen, wollte es aber keiner gewesen sein. So war ich der Vermutung, dass ich mir das nur eingebildet hatte.

Dies passierte in unregelmäßigen Abständen, immer

wieder. Eine Gestalt ging von der Treppe, bis in die Ecke des Flures.

Nach paar Monaten fing es wieder an. Nun war ich eine Zeitlang allein zu Hause, war auch vormittags im Wohnzimmer. Auch dort, lief etwas die Treppe runter in die Ecke. Jedoch sah ich, dass diese Gestalt wieder zurück kommt, nähe des Regals stehen bleibt und in die Wand starrt. Nicht auf mich oder so, nur in die Wand. Ich konnte die Beine nicht sehen, ab dem Bauch wird diese Gestalt deutlicher... An diesem Zeitpunkt habe ich zum ersten Mal daran gedacht, dass es ein Geist sein könnte. Zeitnah begann ich mehr über Geister herauszufinden. Dies verlief sich aber, da auch die Aktivitäten im Flur nachließen. Ich war der Meinung, dass ich mir das wirklich nur eingebildet hatte.

Vor einigen Monaten, kamen zwei Hunde in mein Leben. Diese haben ihren Platz unter der Treppe. Von Anfang an, stehen sie auf und gehen zu uns. Schaue uns sehr lange an. Nach dem Motto "Seht ihr den nicht?" Auch habe ich das Gefühl, dass sie ab und zu an einem vorbei schauen.

Vor wenigen Wochen, sah ich die Gestalt wieder. Treppe runter, in die Ecke. Tagsüber auch mehrmals, hin und her. Bleibt stehen, starrt die Wand an.

letzten Freitag, hatte ich Sturmfrei. Ich habe meine Freundin eingeladen und wir haben bis in die Nacht Filme geschaut. Bislang habe ich niemanden etwas von meinen Sichtungen erzählt. Auch nicht damals, als ich dachte, dass es meine Eltern sein.

Ich bekam aber mit, dass diese Gestalt wieder da war und das auch meine Freundin ein paar Mal in den Flur geschaut hat.

Gestern schrieb sie mir, dass sie dachte, dass wir alleine wären. Warum dann mein Bruder immer unten auf die Toilette müsste.
Ehrlich gesagt, lief es mir in diesem Moment Eiskalt den Rücken runter. Ich bilde mir das also doch nicht ein.

Ich habe auch keine Angst, was immer das da unten ist, was sich von unten nach oben langsam aufbaut. Ist schon komisch, ist wie ein dunkler Schatten, mehr nicht.

Dieser Schatten begleitet mich jetzt schon jahrelang, eine Erklärung habe ich dafür nicht.

Unheimliche Beklemmungen

Meine jüngere Schwester und ich stehen uns sehr nahe und uns sind über die Jahre hinweg ein paar merkwürdige Dinge widerfahren. Alles hat angefangen als wir zum ersten Mal umgezogen sind, in den 3. Stock eines Mietshauses. Ich bin etwa 3 Jahre älter als sie und mir fiel als erste auf, dass ich mich ziemlich oft sehr schlecht in der Wohnung gefühlt habe. Habe aber nie mit ihr darüber gesprochen, da wir damals noch relativ jung waren.

Da ich bereits einen Fernseher im Zimmer haben durfte und sie nicht, kam sie immer in mein Zimmer um dort fernzusehen, bis sie schließlich damit plötzlich aufgehört hatte und mein Zimmer nur noch betreten hatte, wenn es denn unbedingt sein musste, was ich zwar komisch fand, aber habe mir dann doch irgendwie keine weiteren Gedanken darüber gemacht. Das „schlechte Gefühl" hat über die Jahre allerdings zugenommen, trotzdem haben meine Schwester und ich irgendwie nie darüber gesprochen, bis auf ein paar Mal, das wir uns sehr beobachtet oder bedroht fühlten.

Schließlich zogen wir Jahre später von dem 3. In den 1.Stock, blieben aber im selben Mietshaus. Sobald wir dort unten wohnten war dieses schlechte Gefühl verflogen und tauchte bei nur noch manchmal auf, wenn ich durch das Treppenhaus gehe.

Ansonsten verlief aber alles ruhig und irgendwann erzählte mir meine Schwester eines Abends, dass sie so froh sei, dass wir nach unten gezogen sind, sie hatte immer so Angst in der alten Wohnung und dann erzählte sie mir auch den Grund, warum sie kaum mehr in mein Zimmer kam. Sie hätte einmal in einer Ecke einen großen Schatten gesehen, der aussah, wie ein Mann mit Hut. Sie war zwar noch sehr jung, allerdings wüsste ich auch keinen Grund, warum sie mich anlügen sollte und ich könnte mir auch keinen anderen Grund erklären, warum sie sonst nicht mehr in mein Zimmer gekommen wäre, denn einen eigenen Fernseher hat sie trotzdem erst ein paar Jahre später bekommen.

Wieder ein paar Jahre später in denen wir im 1. Stock gewohnt haben verstarb dann unsere Oma, worüber wir sehr traurig waren. Etwa zwei Wochen nach ihrem Tod saß ich in meinem Bett, es war schon spät, etwa gegen 2:00, 3:00 Uhr oder sogar noch später und ich hatte schon das Licht aus und habe noch ein bisschen Musik auf meinem Handy gehört.

Im Augenwinkel habe ich eine dunkle Gestalt gesehen, sie war eher grau/schwarz, also ich konnte Gesichtszüge und Haarfrisur erkennen genauso wie den Körper, allerdings war es einfach so, als hätte der Gestalt Farbe gefehlt, es war einfach alles grau/schwarz. Es war eine Frau und sie hat mich angeschaut, dabei
hatte sie einen sehr breites Lächeln auf den Lippen, es war aber eher verkrampft und ihre Augen waren dabei auch sehr weit aufgerissen, wie bei einer Puppe oder wie jemand, der sich erschreckt. Im nächsten Moment war die Frau auch schon wieder verschwunden. Ich habe allerdings keine Angst empfunden, ich habe mich
nur kurz erschreckt und obwohl alles nur im Bruchteil

einer Sekunde passiert ist, kann ich mich noch genau an ihr Gesicht erinnern.

Da ich keine Angst empfunden habe und sonst ein ziemlich sensibler und ängstlicher Mensch bin, besonders wenn es um Gruselgeschichten oder Horrorfilme geht, habe ich mich etwas über mich selbst gewundert. Die einzige Erklärung die ich dafür hatte war, dass es meine Oma gewesen sein musste, die mich besucht hatte. In diesem Glauben blieb ich etwa 3 Jahre.

3 Jahre später dann kam meine Schwester eines Morgens ziemlich bleich an den Frühstückstisch, sie sah aus, als wäre ihr übel.

Sie erzählte uns von einem Traum den sie nachts hatte. Sie hatte geträumt, dass sie aus ihrem Körper verlassen hatte und sie hätte sich sogar im Bett liegen sehen. Dann wäre sie ins Zimmer meiner Eltern gegangen. (Unser Flur hat eine einfache L Form). Dort hat eine Frau gestanden, die auf meine Eltern geschaut hat, wie sie schlafen. Als meine Schwester näher an sie heran gegangen wäre, wäre die Frau verschwunden. Dann wollte meine Schwester wieder aus dem Zimmer meiner Eltern heraus gehen und sah die Frau im Flur stehen, vor der Küchentür, dort habe sich die Frau zu meiner Schwester umgedreht und quasi gewartet bis meine Schwester bei ihr war, dann wäre die Frau weitergegangen und blieb vor der Wohnzimmertür stehen, dann habe sie sich wieder zu meiner Schwester umgedreht und wieder gewartet bis sie bei ihr war, ehe sie zum nächsten Zimmer weiter gegangen ist, das war dann das Zimmer meiner Schwester, gleiches Spiel, dann wäre die Frau vor meiner Zimmertür stehen geblieben und hätte wieder auf meine Schwester gewartet.

Meine Schwester sei wieder zu ihr hingegangen und habe ihr gesagt sie solle verschwinden! Darauf hin ist die Frau auch tatsächlich verschwunden und meine Schwester wäre einfach in ihrem Bett aufgewacht.

Am Abend haben wir noch einmal über ihren „Traum" geredet und wir haben etwas im Internet nachgelesen, wir glauben dass meine Schwester eine Außerkörperliche Erfahrung hatte.

Dann habe ich ihr von meiner Begegnung mit unserer Oma erzählt und habe ihr auch von dem Gesichtsausdruck erzählt und wie sie aussah. Plötzlich sah meine Schwester aus als würde sie sich gleich übergeben. Sie meinte, dass die Frau in ihrem „Traum" genau so aussah. Also habe ich anscheinend nicht meine Oma gesehen, was mir ziemlich Angst eingejagt hat.

Wir haben dann noch ein wenig darüber gesprochen, was wir empfunden haben, als wir Kontakt mit dieser Frau hatten. Auch sie hatte keine große Angst. Sie sagte sie hätte eher Trauer oder Mitleid empfunden.

Seit wir über diese Frau gesprochen haben geht sie uns beiden nicht mehr aus dem Kopf und wir reden immer öfter über sie und auch dieses schlechte Gefühl kommt schleichend zurück. Es ist bei weitem nicht so stark und auch nicht immer da, vielleicht ist es jetzt auch nur Einbildung, weil wir jetzt doch im Nachhinein Angst haben.

Im Nachhinein haben wir gehört, dass in diesem Haus ein Mord passiert war und vermuten, dass uns dort unglückliche Seelen begleiten.

Die magnetische Anziehung

Echt unheimlich, was im Laufe der Jahre an paranormalen Erlebnissen zusammengekommen ist. Also, ich persönlich glaube an Geister. Ist jetzt meine Meinung. Aber nicht jedes Klopfen, oder Gefühl, beobachtet zu werden, ist jetzt ein Werk eines Geistes, finde ich.
Außerdem bin ich in allen Hinsichten sehr sensibel und irgendwie "anders". Wenn ein Geist bei mir sein sollte, werde ich das wohl schon merken.

Zu meinen Geschichten, sie sind zeitlich in der richtigen Reihenfolge und zu 100 % wahr. Ihr lest jetzt nur Dinge, die wirklich passiert sind, und die bei dem Einen oder Anderen sicher eine Gänsehaut verursachen werden.

Mein Opa mütterlicherseits wird seit vielen Jahren nachts oft von etwas "besucht". Er wird dadurch wach und dann spukt es vor seinen Augen. Es kommt unregelmäßig vor, aber so ungefähr einmal pro Woche haut hin. Was passiert, ist unterschiedlich. Mal hört mein Opa ein Knacken oder ein Flüstern, direkt an seinem Ohr. Es kann auch passieren, dass die Temperatur stark fällt.

Oder seine Bettdecke wird bewegt. Manchmal sieht mein Opa auch kleine runde Lichter in der Luft schweben. Aber es gibt auch so genannte "Extrem-Fälle": Im Oktober hat ihm Jemand oder Etwas in den Bauch geboxt. Es hat sogar wehgetan! Im Juni standen drei weiße Gestalten vor seinem Bett, aber er konnte nur Umrisse erkennen. Mein Opa meint auch, er habe keine Angst vor diesen Erscheinungen. Aber er ist das ganze ja

auch schon gewohnt. Er vermutet, dass es die Geister
von verstorbenen Verwandten sind.

Auch meine Großeltern väterlicherseits bleiben nicht
verschont. Als vor ca. 25 Jahren der Vater meiner Oma
väterlicherseits (also mein Urgroßvater) starb, fing es an:
Seit seinem Tod passiert ausnahmslos jedes Jahr an
Heiligabend im Haus meiner Großeltern väterlicherseits
etwas Seltsames. Im ersten Jahr ging plötzlich der
Backofen kaputt. Damals haben sich meine Großeltern
nichts bei gedacht, warum auch. Aber in einem anderen
Jahr fiel der Weihnachtsbaum wie von Geisterhand
um, ein anderes Mal hat das automatische Garagentor
gestreikt.

Am nächsten Tag hat es wieder einwandfrei funktioniert.
Eine Uhr ist von der Wand gefallen. Vor ein paar Jahren
war das Haus seltsamerweise von der Stromversorgung
abgeschnitten. Und vor zwei Jahren ließ sich eine CD mit
Weihnachtsliedern irgendwie nicht abspielen, am
nächsten Tag schon. Glaubt ihr an einen Zufall? Wäre
schon unwahrscheinlich, das geht ja jetzt schon seit über
2 1/2 Jahrzehnten so.

Die Theorie meiner Großeltern ist, dass mein
Urgroßvater an Heiligabend extra diese "Zeichen" sendet,
um zu zeigen, dass er noch da ist.

Jetzt ein Ereignis, das ich erlebt habe. Da muss ich so 3 -
4 Jahre alt gewesen sein. Und zwar habe ich, oft, wenn
ich bei meinen Großeltern mütterlicherseits war, zu
meiner Oma gesagt, im Garten, da wäre eine kleine alte
Frau, die aus der Wasserschale trinkt, die meine Oma

immer für die Vögel in den Garten stellt. Meine Oma sah diese Frau nicht. Nur ich. Sie tat aber immer so, als könnte sie sie auch sehen.

Angst hatte ich nicht. Ich habe sie auch nie woanders gesehen und irgendwann war sie wohl auch für immer verschwunden. Meine Oma hat mir diese Geschichte erzählt, ich konnte mich nicht daran nicht erinnern. Ob diese Frau wirklich ein Geist war?

Ich finde es aber unlogisch, dass Geister trinken. Oder habe ich mir die Frau nur ausgedacht, um meine Oma zu verarschen? Keine Ahnung. Meine Oma behauptet auch, dass ich in meinem ersten Haus (bin umgezogen) immer Engel gesehen hätte. In diesem Fall weiß ich aber, dass ich damit nur die Schatten meinte, die die Wände geworfen haben.

Wir drehen die Zeit ein paar Jahre weiter...

Seit 2008 übernachte ich einmal pro Monat bei meinen Großeltern mütterlicherseits. (Dieses Wochenende ist es wieder so weit). Als ich eines Nachts, als die Tradition noch recht neu war, wieder im Gästezimmer meiner Großeltern im Bett lag, passierte etwas Sonderbares: Ich hatte die Augen zwar schon geschlossen, war aber noch nicht eingeschlafen. Plötzlich merkte ich durch die geschlossenen Augen, dass Licht im Zimmer aktiviert wurde. Ich spürte, wie sich jemand über mich beugte.

Zu dem Zeitpunkt dachte ich, das sei meine Oma, die noch nach mir sehen wollte. Daraufhin tat ich so, als würde ich schon tief und fest schlafen, ich ließ die Augen geschlossen und bewegte mich nicht. Nach ca. 10 - 20 Sekunden erlosch das Licht wieder ohne Vorwarnung, und es war wieder genauso dunkel im Raum, wie vorher. Es hatte den Anschein, dass das Licht von der Stehlampe käme, die immer auf meinem Bett steht. Diese Lampe kann man durch bloße Berührung an- und ausschalten. Die Theorie, dass ich versehentlich dagegen gekommen bin, scheidet aber aus, denn die Lampe hat drei verschiedene Helligkeitsstufen, und man muss sich durch alle Stufen schalten, bevor man sie wieder ausschalten kann.

Ich habe durch die geschlossenen Augen aber keine Veränderung der Helligkeit vom Licht feststellen können. Die Deckenbeleuchtung kann es aber auch nicht gewesen sein, denn alle Lichtschalter im Haus meiner Großeltern, klicken, wenn man sie betätigt. So ein Klicken habe ich aber nicht gehört, und dieses Geräusch ist unüberhörbar. Leider weiß ich nicht mehr so genau, ob ich noch Geräusche, wie Atmen oder Schritte gehört habe. Ich weiß, das klingt komisch, aber ich weiß es echt nicht mehr.

Am nächsten Morgen konfrontierte ich meine Oma damit, dass sie in der Nacht in meinem Zimmer war, sie meinte aber, dass sie mein Zimmer in dieser Nacht überhaupt nicht betreten hatte... Mein Opa war es auch nicht. Aber wer dann? Wir drei waren die einzigen Personen im Haus, außerdem liegt mein Gästezimmer im ersten Stock, und die Haustür schließen meine Großeltern über Nacht immer ab, sodass sich außer meinen Großeltern niemand Zutritt zum Gästezimmer verschaffen konnte. Ich frage mich echt, was ich damals gesehen hätte, wenn ich die Augen geöffnet hätte, als das Licht in meinem Zimmer war...

Dann kam das Schlimmste überhaupt!

Der Grund: In diesem Jahr starb der Kater meiner Großeltern mütterlicherseits, den ich, vor allem in seinen letzten Monaten, sehr geliebt hatte. Also war das ein riesiger Verlust für alle Beteiligten. Und seit er tot ist, passierte es oft, dass meine Oma, also sein Frauchen, nachts, wenn sie im Bett lag, ein Erlebnis hatte, das immer wie folgt ablief:

Sie spürt auf ihrer Bettdecke Schritte, die nicht von einem Menschen kommen können. Noch während sie dieses Phänomen bestaunte, stand für sie fest: Das muss der Geist ihres toten Katers sein! Meine Oma hat sogar mit ihm gesprochen, so was wie: "Na, komm, komm zu mir, leg dich hin". Aber nie kam irgendeine Art von Antwort. Meine Oma hat genau gesehen, wie ihre Bettdecke von den Schritten "platt gedrückt" wurde. Aber ihren Kater konnte sie nicht ausmachen. Er schien vollkommen unsichtbar. Zu Lebzeiten ist der Kater gerne mal zu meiner Oma ins Bett gekrabbelt, wenn sie drin lag. Also genau wie das, was meine Oma nach seinem Tod erlebt hatte - Und zwar für ca. ein halbes Jahr. Danach hörte es für immer auf.

Kommen wir nun zu dem, wie ich finde, heftigstem Phänomen dieses Beitrages, als ich den erzählt bekommen habe, stand für mich die Existenz von Geistern zu 100 Prozent fest:

Es war ein kalter Abend. Ich hatte den Tag bei meinen Großeltern mütterlicherseits verbracht. Da ich noch keinen Führerschein habe, haben sie mich gegen 20:00 Uhr nach Hause gefahren. Es war bereits stockdunkel. Als wir bei mir Zuhause angekommen waren, stiegen meine Oma und ich aus, klingelten und wurden hineingelassen. Denn meine Oma quatscht dann immer noch kurz mit ihrer Tochter, alias meiner Mutter.

Mein Opa hingegen, blieb wie immer im Auto sitzen. Nichts ahnend sah er aus dem Autofenster in die Gegend. Plötzlich erschauderte es ihn: In unserem Vorgarten sah er eine weiße Frau! Er beschrieb sie als transparent, 1,50 m bis 1,60 m groß und sie schwebte in der Luft. Auf einmal schwebte die Gestalt quer über unsere Einfahrt in den Garten unserer Nachbarn und verschwand dort. Nein, mein Opa raucht nicht, er war kein bisschen betrunken, nimmt keine Drogen, hat keine Halluzinationen und war nicht übermüdet.

Dieser Geisterfrau wäre ich nicht gern begegnet. Schon gar nicht in der Dunkelheit. Aber genauso ist es meinem Opa passiert, der übrigens erstaunlich ruhig geblieben ist. Er sah sie bisher nie wieder.

Nachdem eine Zeit lang Ruhe war, kam es im Sommer Schlag auf Schlag: Als erstes hatte es der Spuk auf meine Großtante abgesehen. Ihr ist Anfang August 2014 ihre Jahrzehnte alte Nähmaschine kaputt gegangen. Jetzt werdet ihr denken: Passiert schon mal. Doch der Tag, an dem die Nähmaschine meiner Großtante kaputt ging, ist der Todestag ihrer Mutter...

Nur zwei Wochen später war ich abends in meinem Zimmer. Draußen war es schon dunkel und es regnete. Gedankenverloren schaute ich zufällig aus dem Fenster und sah den Schatten von kahlen Ästen, die sich im Wind leicht hin- und her bewegten. Aber nur für ein paar Sekunden. Es schien, als wäre es ein ganz normaler Baum. Die Sache ist nur, dass vor meinem Fenster keine Bäume stehen. Außerdem hatten wir Sommer, da haben alle Bäume Blätter an den Ästen? Was es war, kann ich nicht sagen. Aber ich hatte jetzt nicht wirklich Angst davor. Wahrscheinlich, weil Äste nicht so verstörend wirken.

Im Sommer ist die Katze einer Freundin meiner Mutter gestorben. Und wenige Monate danach hatte diese Freundin ein paranormales und gleichzeitig schönes Erlebnis. Sie war gerade in der Küche, als sie aus dem Fenster sah, entdeckte sie im Garten ihre tote Katze! Jedoch quicklebendig. Bei ihr war noch ein Hund, den sie nie zuvor gesehen hatte. Ich weiß, dass man sich einbilden kann, dass man geliebte Verstorbene sieht. Die Theorie scheidet aber wieder aus, sonst hätte sie sich ja nur ihre Katze eingebildet und keinen wildfremden Hund.

Angenommen, es war wirklich der Geist der Katze, dann muss sie ja im Himmel einen Hund, besser gesagt, seinen Geist getroffen haben und dann haben sie sich wohl angefreundet und dann wollte sie ihm wohl ihr früheres Zuhause zeigen. Vielleicht hat der ehemalige Besitzer des Hundes die beiden sogar in seinem Garten gesehen. Also, ein höchst interessanter Fall, der aber ungeklärt bleibt.

Eine Bekannte meiner Oma mütterlicherseits trauerte im Dezember um einen verstorbenen Verwandten. Einige Wochen später hat dann im Haus der Bekannten die Elektronik irgendwie verrückt gespielt. Ich habe es nur am Rande mitbekommen, aber irgendwas war mit der Elektronik. Zufall? Ich denke nicht...

An einem regnerischen Tag im Januar hatte ich einen Schulfreund gleich nach der Schule mit nach Hause gebracht. Beim Mittagessen kamen wir irgendwie auf Paranormales zu sprechen. Mein Freund war seltsamerweise total interessiert an dem Thema. Na ja, andererseits wusste ich, dass ich damit nicht der Einzige in meiner Klasse bin. Danach sind wir hoch in mein Zimmer gegangen, wo wir überlegten, was wir denn jetzt machen könnten. Ich lag dabei auf dem Boden, während mein Freund aus dem Fenster blickte, sodass er ein Feld im Überblick hatte.

Plötzlich rief er mich aufgeregt zu sich. Er behauptete, da, auf dem Feld liefe eine schwarze Gestalt. Natürlich stürmte ich ans Fenster, um sie zu sehen, kam aber zu spät: Sie war schon weg. Mein Freund schwört, dass er das ernst meinte. Doch komisch: Wir hatten uns noch kurz vorher über Geister unterhalten... Aber einen Geist schließe ich auch nicht aus.

Es war der Tag, an dem ich mein Halbjahreszeugnis bekam. Infolgedessen hatten wir früh Schulschluss und ich war gegen 11:00 Uhr schon zu Hause. Die Zeit wollte ich nutzen, um mit meinem Kater zu spielen. Er liebt es, wenn ich die Spielzeugmäuse die Treppe hinunter werfe. Dann läuft er immer hinterher und bringt sie mir. Ich schnappte mir also ein paar davon und warf sie die Treppe hinunter. Mein Kater hatte viel Spaß. Dann warf ich noch eine Maus, mein Kater hinterher, aber er kam nicht wieder hoch. Das ist das Zeichen, dass er sie nicht gefunden hat. Also half ich ihm suchen.

Ich hatte ja gesehen, wo die Maus ungefähr hin geflogen ist und suchte zuerst dort. Fehlanzeige. Ich durchsuchte echt alles, aber es war wie verhext: Nichts zu sehen von der Maus. Ich habe bestimmt nichts übersehen. Aber ich hab sie einfach nicht finden können. Ob sie wieder da ist, kann ich nicht genau sagen, denn meine Katzen haben hundert Stück davon und die sehen alle gleich aus. Nur eine halbe Stunde nach dem Vorfall waren ich, meine Mutter und meine Schwester in der Küche. Ich war noch in Gedanken wegen der spurlos verschwundenen Maus, da gab es auf einmal einen Höllenlärm. Die Obstschale, die auf dem Esstisch stand, knallte zu Boden. Von uns war das aber garantiert niemand. Ganz bestimmt nicht!

Bekannte von meinen Großeltern mütterlicherseits sind vor ca. zwei Jahren in ein neues Haus gezogen. Ich habe mal ein Foto davon gesehen. Eigentlich ein ganz schönes Haus, aber es hat echt eine düstere Ausstrahlung. Die Vormieter sind gestorben. Und tatsächlich: In diesem Haus spukt es. Die Bekannten (ein Ehepaar) haben wenige Wochen nach dem Einzug immer wieder ein Poltern vernommen, als wäre echt etwas großes, schweres, umgekippt. Wenn sie nachsahen, war da aber nie etwas. Als das einige Male passierte, war Schluss damit. Aber dann, das war vielleicht letzten Frühling, ist die Ehefrau im Haus gestolpert und hingefallen.

Während sie noch am Boden lag, fiel ohne Vorwarnung ein an der Wand gelehntes Brett von alleine genau auf ihre Stirn. Und jetzt kommt's: Dadurch hat sie sich eine Platzwunde zugezogen! Ich würde keinen einzigen Tag mehr dort wohnen! Da ist es ja gefährlich! Wenn Geister sogar Menschen verletzen! Mittlerweile soll sich die Lage aber wieder beruhigt haben.

Ich glaube nicht sofort an Geister, meine aber, dass ich, wenn ich nachts im Bett liege, Schritte im Zimmer höre. Es hört sich an, als würde jemand entweder mit Socken oder barfuss herumlaufen. Es klingt auch nach den Schritten meiner Katzen, die aber nie nachts in meinem Zimmer sind - die Tür ist stets zu. Es tritt nicht jede Nacht auf, bereitet mir aber schon ein mulmiges Gefühl. Eine Erklärung gibt es aber:

Im Ohr haben wir einen Muskel namens Hammer, der immer in Bewegung ist, um Töne ans Gehirn weiterzuleiten. Das hört man manchmal, wenn es ganz leise ist. Da ich auf der Seite schlafe, wird mein Ohr auf das Kissen gepresst. Das Geräusch des Hammers könnte Schallwellen auf das Kissen werfen, das könnte wiederum schrittähnliche Geräusche erzeugen. Ich hoffe es doch.

Könnt ihr euch noch an die Sonnenfinsternis erinnern? Auch an diesem Tag geschahen mysteriöse Dinge in unserem Haus. Aber alles von Anfang an: Meine Eltern waren auf der Hochzeit vom Cousin meines Vaters eingeladen. Deswegen kamen abends meine Großeltern mütterlicherseits, die mir, meiner Schwester und den Katzen Gesellschaft leisten sollten. So geschah es auch. Wir aßen Abendessen und dann haben wir noch ferngesehen und die Katzen versorgt. Da meine Schwester damals erst acht war, brachte meine Oma sie um 22:00 Uhr ins Bett. Zuerst machte sie sie im Bad fertig. Dann gingen die beiden rüber ins Zimmer meiner Schwester, wo meine Oma ihr noch etwas vorgelesen hat. Anschließend sagte sie Gute Nacht und verließ den Raum.

Meine Oma ging dann, warum auch immer, noch mal ins Bad und stellte dort erstaunt fest, dass auf einmal die Deckenbeleuchtung der Sauna eingeschaltet war. Doch die kann man nur mit einer speziellen Fernbedienung anschalten. Diese Fernbedienung wiederum, lag die ganze Zeit unberührt im Badezimmerschrank. Meine Oma machte sich auf ins Wohnzimmer. Hier lag mein Opa auf dem Sofa und sah immer noch fern, ich habe irgendetwas auf dem Fußboden gemacht. Sie erzählte uns die Geschichte mit der Sauna.

Ich staunte Bauklötze, doch mein Opa entgegnete nur, dass er vor ein paar Minuten, also um den Zeitpunkt herum, wo die Sauna angeschaltet wurde, hinter sich jemanden spürte, obwohl dort niemand war...

Da so viele Sachen in, bzw. an unserem Haus passierten: Baujahr 2010, wir sind die ersten, die darin wohnen, es liegt auf einem Feld, der nächste Friedhof ist ca. 3 km entfernt, in den letzten Jahren ist kein enges Familienmitglied gestorben und ich habe mich bisher dort auch nie beobachtet gefühlt.

Zwei Monate nach dem Sauna-Vorfall hatte meine Schwester Geburtstag. Wir hatten die Familie eingeladen und saßen bei schönem Wetter draußen. Es gab sogar zwei Tische: Einer zum Essen und einer, der um die Ecke stand, wo man quatschen konnte. Gegen 21:30 Uhr passierte etwas schier Unerklärliches: Die Familie saß am Tisch zum Quatschen und ich habe ein bisschen mit meinem Fußball gekickt, sodass niemand den Esstisch im Auge hatte.

Auf diesem Tisch stand eine Flasche Rotwein, die mein einer Opa meinem anderen Opa geschenkt hatte. Und plötzlich fliegt das Ding herunter! Die Flasche war Schrott und ein Teil der Terrasse voller Rotwein. Wir haben alle nur den Aufprall gehört. Der Wind war es nicht, da der Tisch direkt neben der Hauswand stand, die Flasche ist aber in die entgegen gesetzte Richtung der Hauswand gefallen. Wäre es der Wind gewesen, dann wäre er aus der Wand gekommen. Übrigens hat meine Mutter mich beschuldigt aber niemand hatte die Flasche berührt...

In den Herbstferien habe ich alleine mit meinem Vater eine Kreuzfahrt im Mittelmeer gemacht. Natürlich haben wir viel gesehen, das ist jetzt aber Nebensache: Wir waren am Abend des letzten Ferientages wieder zu Hause. In der ersten Nacht, wo mein Vater und ich wieder da waren, ging für meine Schwester der "Horror" los: Sie wurde nachts des Öfteren berührt, wenn sie schlief, an allen möglichen Körperteilen. Wobei berührt das falsche Wort ist, sie wurde eher "angetippt", und zwar ganz sachte. Das machte ihr aber Angst und sie musste nun viele schlaflose Nächte durchmachen. Nach einem Monat war es überstanden, es hatte aufgehört. Auf der Kreuzfahrt waren mein Vater und ich in mehreren Kirchen und meine Mutter meint, dass sich in einer Kirche ein Geist an uns geheftet hätte, der, als wir dann zu Hause waren, auf meine Schwester übergesprungen wäre. Die Theorie beunruhigt mich nur, denn dann wäre uns der Geist tagelang kreuz und quer bis nach Hause gefolgt, ohne, dass wir davon etwas mitbekommen haben...

Manchmal denke ich, wir sind für die Geister eine Art Magnet, denn normal ist das nicht.

Merkwürdige Vorfälle

Eigentlich bin ich kritisch, wenn es um die Existenz von Geistern geht, aber die Vorfälle häufen sich. Unser Haus wurde 1980 gebaut, und nach unserem Wissen gab es keine Todesfälle darin, da wir die vorherigen Bewohner auch kennen, zumindest wissen wer darin gewohnt hat. Die Familie die es gebaut hat und Eine Frau mit ihrem Sohn danach. Beide ohne bekannten Todesfall ausgezogen. Dennoch haben wir ein paar ungeklärte Ereignisse im Haus.

Wir leben mit 3 Kindern im Haus. 6 Jahre Sohn, 5 Jahre Tochter und 2 Jahre Sohn

Fall 1:
Sommer 2015
Unsere Tochter wird nachts wach und kommt ins Schlafzimmer, sie hätte schlecht geträumt. Nichts Ungewöhnliches eigentlich. Ich trage sie aus dem dritten Stock zurück in den zweiten wo ihr Zimmer ist. Ich dreh mich rum um das Licht auszuschalten und sie schaut über meine Schulter in ihr Zimmer, wo ihr Nachtlicht brennt. Dann der Satz der mir einen Schauer über den Rücken jagt: "Papa? Wer ist da gerade in die Wand gelaufen?"

Verdutzt frage ich sie: "Wie in die Wand gelaufen?"
Antwort: "Ja, ein schwarzer Mann mit Hut!"
Ich hab sie dann beruhigt und gesagt, dass hat sie sich wohl eingebildet, oder es geträumt. Sie hatte auch keine Angst oder sonstiges, sie war ruhig und ist direkt eingeschlafen.

Fall 2:
Sommer 2015
Sohn 6 Jahre sitzt im Wohnzimmer auf dem Fernsehsessel und fragt plötzlich: "Mama? Sachen können sich nicht einfach bewegen richtig?" Wir haben ihn gefragt wie er das meint und er antwortete: "Das Küchenhandtuch hat beinahe das Glas runter geworfen!" Er konnte quasi vom Sessel in die Küche schauen. Wir haben dann einfach gesagt, ne das kann sich nicht alleine bewegen und waren aber schon stutzig, grade wegen dem Vorfall mit dem schwarzen Mann.

Fall 3:
Ende Sommer 2015
Unsere Tochter wird morgens wach, wir hören ihre Zimmer Tür vom Schlafzimmer aus, und plötzlich schreit sie und knallt die Tür wieder zu. Als wir aus dem Bett stürmen und die Treppen hinunter kommen, sitzt sie weinend im Zimmer. Es wäre eine weiße Katze vor ihrem Zimmer gesessen und schaute sie böse an. Wir haben dann, das Haus auf den Kopf gestellt und eine Katze gesucht, könnte ja sein, dass sie von Nachbarn irgendwie zu uns ins Haus geschlichen ist. Haben aber keine gefunden. Die Türen und Fenster waren auch zu, maximal gekippt im 2.Stock und Küche. Sie hätte also am Vortag reinkommen müssen und auch ziemlich

schnell wieder verschwinden.

Nach dem Sommer ist uns häufiger aufgefallen, dass die Kleiderschränke in den Kinderzimmern offen stehen, obwohl wir sie geschlossen haben. Nicht immer alle Türen und auch nicht in beiden Kinderzimmern gleichzeitig, aber dennoch steht ab und an ein Schrank offen.

Wir hören des Öfteren wie jemand die Treppe hoch läuft, zumindest knackt die Treppe wie wenn es jemand tut, aber das könnte auch Bewegung im Holz sein. Nur die Abfolge des Knarrens, klingt wie eben wie wenn jemand hochkommt. Im Keller ist gerade in den letzten Wochen häufig morgens das Licht eingeschaltet, obwohl ich mir nach dem zweiten Mal ziemlich sicher war es ausgeschaltet zu haben, weil ich ja darauf achte.

Gerade jetzt am Samstag ruft unser Sohn uns morgens um halb 8 schreiend. Wir runter und gefragt was los ist, seine Worte: "Der Junge hat mich geweckt und starrt mich an!" Frage: "Welcher Junge?" Antwort: "Gerade saß er noch da auf dem Schreibtischstuhl und hat mich geweckt!"

Wir können uns diese Vorfälle nicht erklären.

Der Geist auf der Landstraße

Weihnachten gegen 18:00 sind mein Vater und ich mit dem Auto unterwegs gewesen, wir haben einen Bekannten und seine Familie besucht. Wir sind dann über eine Landstraße nach hause gefahren, ca. 70-80 km/h schnell, es war fast Vollmond und leicht neblig.

Als ich über einen kleineren Hügel fuhr, bemerkte ich etwas, was links neben meinem Auto her lief, ich wunderte mich da ich ja recht schnell unterwegs war, also schaute ich aus dem Fenster. Neben meinem Auto lief ca. 5 m entfernt ein Mann her. Er war Schnee weiß, hatte jedoch am ganzen Körper eine Art Grauschleier. Zudem fehlten ihm beide Arme und seine Füße waren fast so groß wie seine Waden, erschreckend groß, nach so 2 Sekunden wurde er schneller und entfernte sich in einem leichtem Bogen von meinem Auto bis er schließlich von vorne links auf mein Auto zu gerannt kam, da konnte ich sein Gesicht erkennen. Insgesamt war er sehr dünn. Sein Gesicht war eher länglich fast spitz, seine Zähne waren fest zusammen und man könnte sein ganzes Gebiss sehen, die Haare waren kurz und dunkel, zudem sehr zerzaust.

Ich bin so sehr erschrocken, dass ich sofort gebremst hab. Mein Vater ist natürlich auch erschrocken und frage was los sei, als ich es ihm erklärte meinte er, er habe nichts gesehen.

Ich weiß, dass hört sich komisch an, ich hatte bisher auch noch nie so eine "Begegnung".

Bisher konnte mir das niemand erklären? War es vielleicht der Geist von Jemand, der einen Unfall auf der Straße hatte? Recherchen ergaben, dass noch zwei Leute diese Erscheinung erlebt haben, ich dachte schon, ich sei verrückt.

Die schwarze Gestalt in meiner Kindheit

Mein Erlebnis liegt jetzt 13 Jahre zurück. Ich erinnere mich noch sehr gut an diese Nacht, ich bin jemand der eigentlich sehr skeptisch ist, aber ich weiß, was ich gesehen habe, die Frage ist nur, war es wirklich da oder kam es aus meinen Kopf?...

Es war, wie gesagt nachts, meine Schwester, meine Mutter und ich haben Fernsehen geguckt, bis ich schließlich ins Bett gehen sollte, als Kind ist man natürlich trotzig und ich war nicht müde, statt ins Bett zu gehen, setzte ich mich im Flur auf die Treppe, es war nur wenig Licht an, sprich man konnte alles sehen, aber es gab noch Stellen im Flur die dunkel bzw. Schattig waren.

Dort wollte ich dann auf meine Schwester warten (wir haben bevor wir wirklich schlafen gingen oft zusammen rumgealbert), nach gefühlten 10min. trat etwas aus den Schatten, es sah aus wie ein großer schwarzer Mann und damit meine ich nicht seine Hautfarbe er war wirklich komplett Schwarz, wie ein Schatten nur war dieser Schatten 3Dimensional im Raum!

Es ging einfach an mir vorbei, als würde es mich gar nicht wahrnehmen, es kam mir schon komisch vor, aber da meine Schwester größer als ich war und grade in einer Phase war wo sie viel Schwarz trug, dachte ich mir zuerst nicht viel.

Ich sprach es im glauben es sei meine Schwester an "Hey, ich hab auf dich gewartet." es reagierte nicht und ich folge ihm die Treppe hoch (die Treppe war im Flur übrigens am meisten beleuchtet), auf der Mitte der Treppe kam ich auf die Idee ihm leicht auf den Rücken zu hauen (wie gesagt, ich dachte es ist meine Schwester und wollte sie ein bisschen ärgern..), ich war mit der Hand nur noch ganz wenige cm davon entfernt als mir plötzlich der Gedanke "Ich sollte es lieber lassen." durch den Kopf schoss und so nahm ich die Hand wieder runter.

Oben angekommen, ging es in Ihr dunkles Zimmer, ich folge weiter, stand dann schließlich mitten in Ihren Zimmer und plötzlich wurde mir klar, was auch immer ich da gefolgt bin, es ist nicht meine Schwester, ich wurde panisch und Fragte mit zitternder Stimme "Warum machst du das licht nicht an!?", immer noch keine Reaktion, ich hechtete zum Lichtschalter, knipste das Licht an und sah, ich bin allein im Raum!

Jetzt hatte mich die Panik komplett gepackt und ich rannte die so schnell ich konnte (ich bin wirklich noch nie so schnell eine Treppe runter gelaufen) runter zum Wohnzimmer, sah meine Schwester und meine Mutter die auf dem Sofa saßen entgeistert an und stotterte von dem was mir gerade passiert ist.

Wir gingen danach zusammen die Wohnung ab, es war natürlich nichts zu finden. Die ganze darauf folgende Woche, sah ich noch mehr solcher Gestalten in der Wohnung, aber nie mehr so deutlich wie in dieser Nacht, sprich ich sah sie durch Glastüren oder an Türrahmen vorbei laufen usw., ich hatte in der Zeit echt eine riesen Angst, bis meine Angst zu Neugier wurde, sie hatten mir nie etwas getan, waren einfach nur da, ich wollte herausfinden, wieso sie da sind, ich wollte, wenn ich sie das nächste mal sehe direkt drauf zu laufen und das raus finden, seid dem ich diesen Entschluss faste sah ich sie nicht wieder.

Meine Mutter ist leider inzwischen Tod, aber meine Schwester erinnert sich noch genau daran, wie ich in Panik das Wohnzimmer gestürmt bin.

Ich habe leider nie herausgefunden, was es war.

Der unheimliche Wald

Meine unheimliche Erfahrung liegt mir noch schwer im Magen. Dazu muss ich sagen; es ist schon eine kleine Weile her, so circa 5 Jahre, aber ich kann mich noch an so ziemlich alles erinnern, was von Relevanz ist.

Also, vor circa 5 Jahren waren ich und ein paar Kollegen (damals 17 - 20) in einem Wald in unserem Dorf und haben uns die Zeit vertrieben. Als es schon fast dunkel wurde, waren wir immer noch zu Gange, als ich und zwei weitere Freunde von mir uns hinter einem kleinen Erdwall versteckt haben, etwas abgeschotteter von der Gruppe. Der nächste Mann dürfte so knapp 70 Meter weit weg von uns gewesen sein.

Als wir da hinter dem Erdwall kauerten, nahmen wir so gut wie Zeitgleich eine Bewegung etwas weiter weg zu unserer rechten Seite war. Es waren Umrisse, die einem Menschen ähnelten, mit Hut und Koffer. Die Umrisse (Linien hätte ich sie fast genannt) waren weiß - milchig, und man konnte leicht durch ihn "durchschauen". Der 'Mann' lief lautlos durch den Wald, ohne den Kopf in eine andere Richtung zu bewegen.

Er ging auf einen Dornbusch zu und verschwand darin. Er war einfach weg. Es war totenstill. Wir haben uns nur angeguckt, sind aufgesprungen und sind los gelaufen, zurück zu den anderen. Denen haben wir davon erstmal nichts erzählt, schließlich glaube ich kaum, das sie uns dass geglaubt hätten. Die nächste Zeit haben wir die Gruppe nicht mehr verlassen.

Als wir uns irgendwann auf den Rückweg gemacht haben und Richtung Wald-Ausgang gegangen sind, hat mich irgendwas im Nacken gestrichen. Ich habe einen Kollegen angeguckt, er hat mich angeguckt, hat mich gefragt "Hast du das auch gerade gemerkt??!", und dann sind wir los gelaufen, raus aus dem Wald, so schnell es ging. Alle, wenn einer anfing zu laufen fingen alle an zu laufen.

Dann gab es da noch so ein Ereignis, im selben Wald nur etwas früher. Ich und ein Freund von mir haben uns ein einem Gebüsch versteckt, als wir vor uns auf einmal eine Art Taschenlampen Licht sehen konnten, was ohne jede Gehbewegung auf uns zukam. Man hat nur das Auftreten von Schuhen auf Laub gehört. Wir dachten es sei einer aus unserer Gruppe. Als der vermeintliche Freund von uns nur noch ca. 2 Meter vor uns war, hatte mein Kollege 'seinen' Namen ausgerufen. In dem Moment ging das Licht ohne jedes Geräusch aus, und nichts war dort. Nichts. Niemand. Einfach nur Wald.

Ich kann mir diese Dinge bis heute nicht erklären. Weder ich noch meine Freunde. Und ich verspreche euch wirklich: Ich hab mir das nicht ausgedacht. Ich habe seit diesen Geschehnissen übrigens nie wieder einen Fuß in den Wald gesetzt. Nie wieder.

Vertreibung durch den Hausgeist

Vorweg sei gesagt: wir sind mittlerweile umgezogen und hatten seitdem auch nie wieder solche "Probleme" oder "Unbehaglichkeiten".

Ich würde gerne von den Erlebnissen sprechen, die mein Mann und ich in unserer ersten gemeinsamen Wohnung "ertragen" mussten. Es ist mir fast peinlich, denn ich denke immer, dass mich alle für verrückt halten. Aber genau so haben wir es erlebt und selbst mein Mann ist überzeugt von den Erlebnissen, die wir hatten.

2009 sind wir zusammen gezogen. Es handelte sich um ein 2-Parteien Haus, wobei wir die obere Wohnung bezogen haben. Der Dachstuhl konnte durch eine "Klappe in der Decke" erreicht werden. Diesen nutzten wir nur für Gerümpel. Die Mieterin (allein erziehende Mutter) der unteren Wohnung (Parterre) war meist nie da...sie übernachtete höchstens insgesamt eine Woche in dieser Wohnung. Wo sie die restlichen Tage mit ihrer Tochter verbrachte...keine Ahnung. Sie war auch eine recht unangenehme Zeitgenossin und auch die Tochter unserer Vermieter. Das Haus musste aufgrund finanzieller Schwierigkeiten aufgeteilt und zum einen Teil vermietet werden.

Nach ca. 6 Monaten hörten wir die ersten komischen

Geräusche auf dem Dachboden. Mal hörten wir Schritte (kurze, wie von einem Kind) oder ein Schlurfen (wie von einem älteren Menschen). Diese Geräusche waren weder Tages- noch Nachtzeitenabhängig. Wir führten dies erst auf die defekte Heizanlage zurück, die manchmal etwas klopfte. Aber als diese repariert war hörte es nicht auf, ganz im Gegenteil. Die Schritte häuften sich. Fast täglich waren sie zu hören. Wenn man oben nachschaute, war nie etwas Auffälliges oder irgendetwas anderes zu entdecken.

Da wir sonst nicht gestört oder beeinträchtigt wurden ignorierten wir es einfach und dachten immer noch, wir seien halt etwas angespannt. Nach etwa 3 Monaten kam es aber hinzu, das ich mich irgendwie immer beobachtet gefühlt habe, Dinge nicht mehr an ihrem Platz lagen und das Nachts die "Haustür auf und zu geschlagen wurde". Ich setze dies in Gänsefüßchen, da wir lediglich die typischen Geräusche der Tür hörten, gefolgt von einem lauten Knall.

Die Haustüre hatte durch die Dichtung immer auf dem Boden ein "Schlurfgeräusch" verursacht...und genau das hörten wir. Bei den ersten Malen dachten wir immer, es sei jemand eingebrochen...aber immer war die Tür verschlossen und in der Wohnung niemand Fremdes an zu treffen. Auch waren alle Fenster verschlossen, so dass kein Windzug hätte eine Tür zuschlagen können. Danach war auch für den Rest der Nacht meist Ruhe.

So ging das einige Zeit weiter...uns glaubte natürlich niemand und da wir uns zu dem Zeitpunkt finanziell keinen Umzug leisten konnten, blieben wir in der

Wohnung. Noch war ja nichts Schlimmes passiert...wir versuchten weiterhin für alles eine logische Erklärung zu finden.

Doch eines Morgens kam es zur "unheimlichsten" Aktion überhaupt. Wir hatten am Vorabend ein wenig "gefeiert" und ein Kumpel übernachtete bei uns auf der Couch und als er morgens aufwachte hatte er auf seinem Arm zwei Schuh Abdrücke. Und zwar nicht auf dem Arm, auf dem er gelegen hat, zumal wir nichts im Haus hatten die diese Schuh Abdrücke hätten hervorrufen können. Sie sahen aus wie kleine Herrenschuhe...der Abdruck war "pro Schuh" vielleicht 5-6 cm groß. So etwas hat ja niemand zu Hause! Und der Kumpel ist absolut glaubwürdig...er war kreidebleich und konnte es sich auch nicht erklären. Und nein...wir haben nicht übertrieben, und am Vorabend weder zu viel getrunken, noch haben wir Drogen konsumiert...wir waren wirklich alle beim klaren Verstand.

Ab da wurde es noch schlimmer. Schritte / Türen knallen. Mittlerweile auch tagsüber. Und eines Abends kam es zum Höhepunkt...kurz danach sind wir auch ausgezogen, da es uns egal war ob es zu viel kostet oder nicht. Wir wollten nur noch weg. Wir lagen abends im Bett. Mein Mann war schon am schlafen, ich las ein Buch. Auf einmal hörte ich ein leises Atmen neben meinem Ohr...ich dachte ich sei einfach überarbeitet und da ich dieses Atmen als störend empfand bin ich nochmal aufgestanden und wollte im Esszimmer noch einen Tee trinken. Da wurde es noch schlimmer und ich hatte das Gefühl, das die ganzen Wände atmen. Ich fühlte mich so, als würde ich eingeengt und ich rief schließlich meinen

Mann, der mich dann zurück ins Bett brachte und versuchte mich zu beruhigen. Als er eintraf hörte auch schlagartig dieses "atmen" auf. Nach einer halben Stunde etwa, hatte ich mich halbwegs beruhigt und widmete mich wieder meinem Buch (schlafen konnte ich eh nicht mehr). Mein Mann war schon wieder eingeschlafen. Irgendwann drehte sich mein Mann aber noch mal zu mir um und fragte, wie es mir geht. Ich versuchte ihm zu erklären, dass alles wieder gut sei und er ruhig weiter schlafen könne. Allerdings drehte er sich nicht mehr weg und irgendwie war sein Blick total "leer"...ich dachte er sei mit offenen Augen eingeschlafen. Doch auf einmal fing er wieder an zu sprechen und gab mir irgendwelche Anweisungen ins Wohnzimmer zu gehen und ich fragte ihn ob er mich verarschen wolle und das er sich die Scherze nach diesem Erlebnis verkneifen könne.

Er war nicht davon ab zu bringen...er sprach immer lauter und nannte mir anschließend eine Internetseite und das ich den Laptop anmachen solle...mit einem Grinsen teilte er mir dann mit "Das ich ihn dann schon sehen würde...der der hier wäre!"

Ab da knallten in mir alle Leitungen durch, ich schrie und brüllte er solle endlich aufhören, und das ich das nicht lustig finden würde. Irgendwann schlug ich ihn sogar. Aber er hörte und hörte nicht auf...ich lief schreiend aus dem Schlafzimmer und mit dem Öffnen der Tür wurde mein Mann wieder "wach" und meinte, was denn los sei. Was, ich denn für ein Terz machen würde. Ob jemand in der Wohnung sei.

Ich brauchte natürlich erst einmal ein paar Minuten, bis

ich mich wieder beruhigt hatte und nicht mehr vor ihm weg lief.

Aber er beteuert bis heute, das er sich an nichts erinnern kann. Nicht mal die Schläge, die ich ihm verpasst habe, hat er mit bekommen.

Natürlich habe ich den Laptop nicht angemacht und auch erst einmal ein paar Tage nicht angerührt.
Ich weiß, das muss sich total bescheuert anhören, aber genau so haben wir es erlebt. Und ich vertraue meinem Mann zu 100%, das er mich in der einen Nacht nicht veräppelt hat.

Als wir uns dann auch recht zügig nach einer neuen Wohnung umgesehen haben hörten diese Erlebnisse schlagartig auf. Vielleicht waren wir wirklich unerwünscht?

Von Nachbarn erfuhren wir hinterher noch, das wohl die Uroma in diesem Haus verstorben sei und sie es ihrer Enkelin vererbt hat, die zu diesem Zeitpunkt nun mal vermieten musste, da es finanziell nicht anders ging. Auf jeden Fall konnte ich wieder aufatmen, als wir endlich ausziehen konnten und bis heute haben wir so etwas zum Glück nicht noch einmal erlebt.

Der unheimliche Stein

Ich bin ein rational denkender Mensch und stets bemüht, bei fragwürdigen Ereignissen / Erlebnissen in erster Linie eine ebenso rationale Lösung zu finden. Aber - bei zwei Erlebnissen ist dies völlig ausgeschlossen.

Auf Vorab: auf einen mehrjährigen Streit mit meinem Vater folgte eine späte Versöhnung. Innerhalb dieser kontaktfreien Jahre zog mein Vater übrigens auch um.

Jeder kennt das Folgende aus eigener Erfahrung: man wacht durch einen eigenartigen Traum morgens auf und hat den Inhalt im Laufe kurzer Zeit bereits wieder vergessen.
So ging es auch mir. Ich erinnerte mich nur daran, dass ich einen Schrank in der (neuen und nie gesehenen) Wohnung meines Vaters öffne, einen rötlichen Stein auf einem der Regale erblicke und puff … das ist alles was in meiner Erinnerung verankert war.

Eines Morgens, Wochen nach diesem Traum, erhielt ich einen schlimmen Anruf - mein Vater war in seiner Wohnung verstorben. Als ältestes Kind oblag mir nun die gesamte „Abwicklung".

Erst jetzt betrat ich - erstmals - die neue Wohnung meines Vaters nach unserem Streit. Meine Geschwister und ich fingen mit dem Räumen an, wobei mein Bruder mich darum bat die Schränke im Wohnzimmer zu leeren. Der aufmerksame Leser ahnt bereits den Fortgang.

Ich öffnete den Wohnzimmerschrank blickte von oben nach unten, stockte in der Mitte, versteinerte, hielt die Luft an und spürte nur, wie mich mein Bruder auffing da ich sprichwörtlich im Begriff war nach hinten umzukippen:

Tatsächlich lag exakt an der gleichen Stelle wie in meinem Traum - in einer nie vorher betretenen Wohnung - genau der Stein in exakter Farbe, Form und Position.

Dies war ein Moment in welchem ich jede Souveränität und rationales Denken verlor. Die nächsten 10 Minuten stammelte ich nur vor mich hin - weshalb ich angesichts meines sonstigen Verhaltens auf meinen Bruder wie ein Alien wirkte. Geglaubt hat er mir übrigens nicht.

Fazit: Es gibt nichts zu „beweisen". Niemals zuvor hatte ich Kenntnis davon, dass mein Vater „einen Stein aufbewahrt", seine Wohnung kannte ich nicht und dennoch war es ein gruseliges Déjà vu, dass ich nicht als solches gelten lassen kann. Der Stein ist für mich bis heute, mein Vater starb 2003, sehr wichtig und hat seinen Platz offen im Regal. Vielleicht erhalte ich irgendwann einmal eine Antwort auf dieses Rätsel.

Erlebnis Nummer zwei. Ein Erlebnis, dass ich gemeinsam mit meinem heute erwachsenen Sohn und ein paar Mitarbeitern meiner damaligen Firma teile:

Für meine damalige Firma mietete ich ein mehrstöckiges

großes Patrizierhaus aus der Zeit 1880. In diesem Haus befand sich auch ein Gewölbekeller, welcher jedem Horrorfilm alle Ehre gemacht hätte.

Mit ersten Schritt über die steilen Holzstufen in den Keller hinab stellten sich mir die Nackenhaare auf. Ein Phänomen das ich noch nie zuvor erlebte.
Am Fuß der Treppe angekommen wurde mir wurde eiskalt, ich fror, fühlte mich beobachtet und bekam tatsächlich eine Heidenangst – als rational denkender Mensch.
Dies war das letzte Mal, dass ich diesen Keller betrat.

Da ich abends oft lange im Büro war, versuchte ich die vielen Geräusche zu überhören, der Rationale in mir wusste: altes Haus, viel Holz – ergo Bewegung gleich Geräusch. Dieses Denken endete jedoch sehr jäh.

Eines Tages holte mich mein Sohn kurz vor Feierabend ab und wir standen ca. 1m vor der Kellertür, welche ich damals abgeschlossen hatte. Zwei meiner Mitarbeiter standen ca. 3m weiter und waren ebenso im Begriff zu gehen.

Bis heute ist es niemanden von uns erklärlich, weshalb es 3 feste Schläge von der Innenseite der Kellertür gab - als würde jemand bestimmend an eine Tür klopfen.
Wenige Sekunden später wiederholte sich das Ganze und mein Sohn meinte ich würde mir einen Scherz erlauben indem ich einen Mitarbeiter dort „eingeschlossen" hätte.
Erst als er sah, dass es keinen Schlüssel auf der Tür gibt und diese verschlossen ist – wich seine Farbe ebenso wie meine und die meiner Mitarbeiter.

Fazit: ich habe absolut keine Erklärung was hier passierte. „Technische" Erklärungen sind jedoch völlig auszuschließen – diese habe ich nebst meinen Mitarbeitern, wobei es sich um einen Holztechniker und einen Architekten handelte, ergebnislos gesucht.

Mein rationales Denken blieb bei diesen zwei Erlebnissen völlig auf der Strecke und nur angemerkt sei, dass sich dieses „Klopfen" kurze Zeit nach dem Tod meines Vaters ereignete.
Den Keller betrat ich nur einmal und nie wieder.

Ich kann es mir nur so erklären, dass mein Vater noch einmal auf sich aufmerksam machen wollte.

Onkel Martin

Ich würde euch gerne die Erlebnisse unseres gestrigen Tages erzählen.
Zuerst noch einen groben Überblick über unsere familiären Verhältnisse.... Der Vater meines Sohnes und ich haben uns vor 2,5 Jahren getrennt, verstehen uns jedoch hervorragend!! Wir wohnen ein paar hundert Meter voneinander entfernt, unser Sohn hält sich zwar meist bei mir auf, er darf aber jederzeit zu seinem Papa und schläft auch mindestens 2x pro Woche dort.

Wir gehen gemeinsam schwimmen, machen Ausflüge, usw.... Die Erzieher im Kindergarten haben über 10 Monate nicht gemerkt, dass wir uns getrennt haben! Sein Papa und ich sind beide Einzelkinder, weshalb es sich eingebürgert hat, dass Luca zu unseren Cousins und Cousinen Onkel und Tante sagt, zu deren Kinder Cousin und Cousine, ich nenne seine nach wie vor Schwager und Schwägerin und umgekehrt...

Gestern jährte sich ein tragischer Unfall zum zweiten Mal... Onkel Martin verstarb mit nicht mal 40 Jahren bei einem schweren Motorradunfall. Alle Kinder der Familie (2-16 Jahre) sollten sich um leichter mit der Trauer umzugehen Symbole ausdenken... Es entstanden Symbole wie "Federn für die Flügel", "Regenbogen, die den Weg zeigen", "Glöckchen, weil man nicht verloren Gehen kann wenn man sie trägt".

All das hat der gesamten Familie sehr geholfen und wir kommen mit unserer Trauer sehr gut zurecht! Wir sprechen gerne und oft über ihn, aber wir sind nicht mehr traurig....

Vor zwei Jahren verstarb Martin an einem Freitag, am Sonntag darauf waren wir am besagten Ort, ich hatte ein wahnsinnig schlechtes Gewissen meinem Schwager gegenüber, wollte aber meinem Sohn den Tag dort nicht nehmen, also fuhren wir... An dem Tag habe ich mir eine Scherbe eingetreten und dabei eine saftige Blutvergiftung eingefangen, was ich insgeheim als Strafe empfunden habe, weil wir gefahren sind...

Gestern waren wir wieder in der Stadt, mein Ex, Luca mit seinem Freund und ich. Luca liebt nichts mehr als das Ritterturnier und spricht wochenlang vorher und nachher von nichts anderem! Gestern war er jedoch von Anfang an eher merkwürdig.... Als wir ankamen war gerade Umzug und ein paar Ritter haben die Frau die neben Luca stand "entführt" um ihr ein Küsschen auf die Wange zu geben und ihr Mann hat Fotos gemacht. Luca wurde bei dieser Situation völlig panisch, hat gezittert und es wurde ihm so übel dass er sich beinah übergeben musste!

Auf Nachfrage sagt er, weil er Angst habe aber er kann nicht sagen warum! Dann entstanden noch zweimal solche Situationen, bei denen ihm "vor Angst übel wurde", er würde dann sehr anhänglich, was recht ungewöhnlich ist, und war wirklich panisch und konnte/wollte nicht erklären warum.... Währenddessen haben wir immer wieder mit ihm gestritten, weil er unbedingt einen Holz-Klang-Frosch haben wollte, den wir für sinnlos hielten... Sein Freund hat ihn immer wieder gefragt was mit ihm los sei, er sagt nur er soll ihn in Ruhe lassen...

Wir kamen ziemlich spät nachhause und Luca musste gleich ins Bett, als er gerade am einschlafen war, ist mir eingefallen, dass ich ihm versprochen hatte mit ihm eine Kerze für seinen Onkel anzuzünden, also habe ich ihn noch mal aus dem Bett geholt, weil ich nicht wollte dass er mir das heute übel nimmt... Also haben wir eine schöne Bienenwachskerze, die Luca für ihn gestaltet hat angezündet und angefangen mit Onkel Martin zu reden, da würgt es Luca wieder ganz fürchterlich und er ruft "Mama! Da ist er schon wieder!"

Und ich frage "wie wer ist da?" Und er antwortet "der Onkel Martin und er leuchtet! Ganz hell" und ich frage "wo denn?" Und er sagt "na da! Direkt neben dir! Siehst du ihn denn nicht?" Und ich hab ihn nicht gesehen.... Obwohl ich das als Kind konnte, sehr oft sogar.... (Mir wurde dabei auch immer übel) Das letzte Mal mit 16, meine Mutter war so sauer, dass sie mich zu einem Therapeuten geschleppt hat...

Dennoch bin ich mir eigentlich noch ziemlich sicher, dass ich mir das damals nicht eingebildet habe... Ich habe meinem Sohn dann gesagt dass er keine Angst haben muss, weil es ein Geschenk ist was er heute erhalten hat und das er etwas Besonderes ist, weil das nur wenige können und auch dass ich das früher auch konnte. Dann habe ich ihn wieder ins Bett gebracht und meinen ex geholt damit ich zum Friedhof kann...

Ich wollte die Kerze anzünden und mich bei ihm bedanken dass er uns auf unseren Ausflug begleitet hat... Warum genau ich dazu auf den Friedhof wollte, wusste ich nicht so genau... Also bin ich da hin und habe auf dem Weg noch überlegt ob ich ihn vielleicht auch noch sehen kann, dass dieses Erlebnis mir vielleicht meine Gabe zurückgeben würde...

Ich saß dann vor seinem Grab und hab die Kerze angezündet und laut mit ihm gesprochen und auch ein bisschen geweint.... Da setzt sich ein Frosch neben mich und quakt, jedes Mal wenn ich aufhöre zu reden, als würde er Antworten auf das was ich sage... Das haben der Frosch und ich dann einige Minuten gemacht, bis ich weinend fürchterlich lachen muss, bis mir dieser doofe Holzfrosch einfällt (ja wir haben ihn gekauft...)!!! Hat den Frosch vielleicht gar nicht mein Sohn ausgesucht...?!

Was meint ihr, sprechen wir hier von einem Geist? Oder Engel? Hat der Therapeut mir meine Gabe ausgeredet? Oder liegt es am Alter, der Reife? Ich glaube an Geister, Engel...!! Ich komme aus einer Zigeuner Familie und habe von meiner Oma gelernt wie man mit Karten und Pendel umgeht.... Was war das da gestern...?

Das alte Mühlenhaus

Womit fange ich am besten an... Es geht eigentlich um ein Kindheitserlebnis, welches mich bis heute nicht in Ruhe lässt und ich muss immer mal wieder dran denken. Am besten erstmal ein paar Informationen zu meiner Person diesbezüglich. Eigentlich würde ich mich als ganz normaler junger Mensch der heutigen Zeit beschreiben. Ich habe mich keiner Religion oder so zugewandt, auch wenn ich getauft bin.

Auch glaube ich eigentlich allgemein nicht an Götter oder Engel, oder habe zumindest nie einen Bezug dahingehend aufgebaut. Ich verachte aber keineswegs Leute die sich mit dieser Thematik beschäftigen oder eine Religion ausleben, solange sie es einem nicht aufzwingen wollen. Quasi so ein bisschen leben und leben lassen.

Von wen ich allerdings überhaupt nichts halte sind diese Esoterik- Tanten im Fernsehen oder die abgedrehten Leuten wie bei Schwiegertochter gesucht oder so.. Ich hoffe damit beleidige ich hier niemanden, das ist ganz und gar nicht meine Absicht aber ich denke es ist wichtig vorher meine Ansicht zu " übernatürlichen" Dingen zu erläutern bevor ich von meinem Erlebnis erzähle.

Heute bin ich 24 Jahre alt. Mein Großvater verstarb, als ich 8 Jahre alt war an einem Lungenemphysem. Für mich kam das sehr plötzlich, obwohl es wohl damals für die Erwachsenen eher einzusehen war, dass es dem Ende zuging.

Er lag auch schon lange im Krankenhaus, Zuhause bei meiner Oma hatte er auch viele Geräte für was auch immer. Irgendwas zum inhalieren? Ich weiß es nicht. Ich hoffe ich schweife an dieser Stelle nicht zu weit aus, ich weiß nicht, wie weit ich was schildern muss und was davon alles relevant ist.

Auf jeden Fall kam es trotzt dieser offensichtlichen gesundheitlichen Probleme für mich sehr plötzlich. Ich hatte ein sehr gutes Verhältnis zu meinem Großvater und hätte ihn am liebsten heute noch unter den Lebenden. In den Ferien war ich immer viel bei meiner Oma und übernachtete auch oft dort.

Sie wohnt in einem alten Mühlenhaus, sieht eigentlich aus wie eine kleine Hütte und hatte rein optisch nicht mehr viel mit einer Mühle zu tun. Ich schätze es ca. 500 Jahre alt. Meine Großeltern waren sehr gläubig. Überall im Haus standen hand geschnitzte, sehr große Madonnen. Das Haus war eins der letzten Häusern Stadt vor den Wäldern und Bergen, nicht richtig außerhalb aber direkt am Stadtrand. In Linz am Rhein, falls das einem hier etwas sagt. Neben dem Haus verläuft ein mini Bach, dann auf einer Anhöhe ein Parkplatz neben dem die Straße verläuft, direkt dahinter der Waldfriedhof auf dem mein Großvater und mittlerweile auch meine Großmutter liegen.

Es war also nachts und ich lag auf dem Sofa im Wohnzimmer, dort habe ich oft geschlafen. Ich habe an meinem Opa gedacht, fürchterlich dabei geweint und ihn sehr stark vermisst. In diesem Moment habe ich Schritte im Raum gehört, kommend von der Tür vom Flur in den Raum rein. Meine Oma kann es nicht gewesen sein, ihr Schlafzimmer liegt neben der Küche durch welche man ins Wohnzimmer gelangt. Vom Flur aus kommt man nach Draußen, ins Bad, auf die obere Etage und den Keller. Der Keller war für mich immer sehr unheimlich, bis heute.

Auf jeden Fall empfand ich in diesem Moment nur ein: PURE PANIK!!!! Ich hatte wirklich schreckliche Angst und die Schritte stoppten sofort. Das war mein einziges Erlebnis dieser Art in meinem Leben. Ich weiß auch bis heute nicht ob es einfach kindliche Fantasie war, auf jeden Fall prägt es mich bis heute: Ich habe ein starkes Unwohlsein wenn ich mich alleine in einem dunklen Raum befinde, einschlafen tue ich fast nur mit eingeschalteten Fernseher. Meine Albträume finden fast alle in diesem Haus statt. Auch tagsüber mich dort alleine aufzuhalten ist für mich kein schönes Gefühl und wird so gut wie es geht vermieden.

In den Träumen tritt dieser " Geist" (leider kenne ich dafür kein anderes Wort aber Geist erscheint mir hier vollkommen falsch angebracht zu sein.. Das war nicht das was ich unter einem Geist verstehe aber vielleicht ist das auch nur mein Empfinden?) nie auf. Es geht aber immer um Angst vor etwas was ich nicht definieren kann, meist ausgehend vom Keller oder oberen Geschoss (da ist nur ein Zimmer, das alte Kinderzimmer meiner Tante). Teilweise auch irgendetwas gruseliges was aus dem Keller kommt.

Besitzergreifung

Zurzeit weiß ich leider nicht mehr weiter. Zunächst einmal zu meiner Person, ich bin 36 Jahre alt und habe eine Frau und eine Tochter. Wir sind eine "normale" Familie ohne besonderen Hintergrund und wir sind vor 8 Jahren dorthin gezogen, wo wir jetzt wohnen.

Vor einem Jahr fing alles an, als meine Frau meine Tochter zum turnen gebracht hat; ich war alleine zuhause, und eigentlich hatte ich ganz normal vor, mein Buch weiterzuleben. Aber irgendwie überkam mich an diesem Abend so ein schleichendes, fast schon beißendes Gefühl im Nacken. Ich dachte zuerst ich sei irgendwie verspannt oder sonst irgendwas, was bei meiner Arbeit (Ich arbeite im Büro) ja nicht ganz unüblich ist..
Aber ich hatte konstant diesen Drang mich umzusehen weil mich irgendetwas beobachtete.

Ich war zu dem Zeitpunkt nicht sehr zugänglich für paranormale Dinge, aber dieses Mal packte mich dann doch die Neugier (bzw. das Gefühl zwang mich fast dazu!) mich umzusehen. Was ich dann auch mehrmals tue, bis mein blick plötzlich an unserer Stehlampe hängen blieb. Ich hatte den Eindruck (es war das seltsamste Gefühl das ich jemals erlebt habe!) sie würde mich unentwegt anstarren. Diese Lampe ist nicht irgendwie neu in den Haushalt gekommen, sie stand da ja schon mehr als 4 Jahre.

Es war als wäre die Lampe nur da um mich zu beobachten. Wie ein Geist in dem Gegenstand. Das war meine erste Begegnung mit dem Phänomen, das mich jetzt ein Jahr lang verfolgt: Sobald ich in einem Raum bin (mittlerweile sogar in Gesellschaft) pulsiert die Aura irgendeines Gegenstandes wie besessen und raubt mir meine Aufmerksamkeit.

Es ist ein sehr eindringliches und unangenehmes Gefühl, als wären die verschiedenen Gegenstände (es sind immer verschiedene, als würde etwas zwischen den Gegenständen hin und her schlüpfen... mal ist es eine Lampe, großer Schrank, der Türgriff oder sonst was) feindselig und plötzlich lebendig obwohl sie still sind..

Ich weiß nicht was mich hier überkommt und ich habe auch keine Erfahrung damit, aber irgendetwas hat von mir Besitz ergriffen.

Merkwürdige Bewegungen

Am Sonntagvormittag gegen 11Uhr, wurden ich und meine Freundin von lauten Schreien und Hilferufen meiner Schwiegermutter geweckt. Wir beide waren die Nacht vorher unterwegs und erst nachts um 2 Zuhause. Meine Freundin rannte sofort hinunter in die Küche. Als ich Widerwillen und total verpennt etwa 2-3 Minuten später runter bin, traf mich der Schlag,
ich habe so etwas noch nie gesehen außer in Filmen.

Die Ganze auf dem Boden fest Stehende, und an der Wand verankerte Küchenzeile ist umgekippt. Ich dachte erst dass da was Gebrochen sein muss, aber alle Standbeine, Stabilisierungen etc sind heil. Sie ist einfach umgekippt als wenn sie einer umwirft. Selbst wenn dies der Fall wäre muss er der Hulk sein da die Küche fest an der Wand verschraubt ist um ein abkippen oder umfallen zu verhindern.

Meine Schwiegermutter beschrieb mir ein Lautes Quietschen/Schreien/Knarren, je nach dem wie man das Interpretieren und Subjektiv vernehmen kann!

Meine Schwiegermutter meinte nur.das sie vor der Küche stand, dieses Geräusch kam, und die Küche ganz Langsam wie von selbst umkippte... sie hat die Küche dann mit aller Kraft festgehalten bis ich kam und sie Abstützte. Alle Geschirr, Lebensmittel etc. lagen am Boden verteilt.

Ich habe dann die Küche mit meinem Schwiegervater wieder Aufgestellt und nach stundenlanger Fehlersuche nichts feststellen können... es ist unerklärlich. Selbst unser Küchenprofi sagt das das nicht normal ist und er so was noch nie gesehen hat... wenn der darüber liegende Küchenschrank von der Wand gefallen wäre, hätte ich's ja noch verstanden. aber nicht die Küchenzeile.

Seit diesem Vorfall passieren hier im Haus seltsame Dinge. Meine Frau vernahm gestern gegen 22Uhr ein mehrfaches Poltergeräusch neben dem Bett.. ich saß nebenan auf der Couch und habe noch TV gesehen und davon nichts gehört. Schwiegereltern haben bereits geschlafen.

Da ich Raucher bin gehe ich immer in den Keller wo ich meinen Raucher und Hobbyraum habe. Dort fühle ich mich extrem beobachtet, schaffe meistens nicht mal ne halbe Zigarette und gehe dann vor schiss wieder nach oben. Ebenso passieren dort auch komische Dinge wie laute Knallgeräusche als wenn jemand im gegenüberliegenden Vorraum zur Garage auf den Tisch haut.

Heute Morgen ist meiner Schwiegermutter dann wieder was Komisches aufgefallen! Ich gehe morgens um ca. 7:30Uhr immer unten durch den Keller raus wenn ich zur Arbeit fahre, und ich konnte heute Morgen nichts von dem was ich jetzt beschreibe sehen oder feststellen!

Ich ging heute ziemlich spät, so etwa 7:40 Uhr durch den Keller aus dem Haus. Meine Schwiegermutter geht immer kurz danach herunter um hinter mir die Tür zu verschließen. Dort ist das Vorkommnis noch nicht geschehen und ihr nichts aufgefallen! Als sie dann 15

Minuten später herunter ist, lagen auf einmal diverse Kabel meiner Handys und Musikanlagen, unübersehbar mitten im Flur des Kellers. Sie konnte sich das nicht erklären! Wie kommen die da hin. es ist niemand außer ihr im Haus tagsüber. Vor allem mitten im grade mal 1,20 m schmalen Flur.

Langsam bin ich der Meinung dass hier irgendwas vor sich geht, was nicht normal ist! Ich glaub(t)e nicht an so etwas, aber das übersteigt meinen oder eher "unseren" Horizont. Wir alle fürchten uns, gerade zum Abend hin, bis in die Nacht ist es hier unheimlich und man fühlt sich beobachtet. Es geht so weit das man sich nachts am liebsten in die Hose machen würde, als aufs Klo zu gehen!

Die Frau im weißen Gewand

Die folgende Geschichte wurde von meiner Freundin erlebt. Sie saß im Wohnzimmer und hat mit mir telefoniert. Als wir aufgelegt haben, war es bereits 1 Uhr nachts, da es ihrer Mutter an dem Tag nicht gut ging, entschied sie bevor sie ins Bett wollte in die Wohnung ihrer Eltern die direkt gegenüber liegt (in einem 4 Familien Haus verbunden durchs Treppenhaus) zu gehen.

Sie ging aus dem Wohnzimmer in den Flur und wollte ihre Wohnungstüre öffnen, schon beim aufmachen der Türe bemerkte sie rechts von sich etwas großes Weißes.

Sie blieb stehen und sah nach rechts und entdeckte dort eine große weiße Gestalt, die aussah, wie eine Frau, in einem altmodischen Nachthemd, aber das Gruselige dabei war, das die Frau kein Gesicht zu haben schien und in etwa einen halben Meter über dem Boden schwebte. Sie blickte die Frau ca. 4 Sekunden an, schlug die Türe zu, ging dann vor Schreck ein paar Schritte zurück und blieb wie angewurzelt stehen. Sie sagte mir, sie wusste nicht was sie tun sollte, konnte in dem Moment nicht klar denken.

Auf einmal hörte sie an der Wohnungstüre laute Geräusche die sich anhörten als würde jemand mit beiden Armen gegen die Türe hämmern. Es war als würde die Türe vibrieren.

Die Türe hat einen Holzrahmen und hat in der Mitte eine Glasscheibe an der sich ein Vorhang befindet, ist also eine alte Türe. Meine beste Freundin ist dann weitere Schritte zurück wieder ins Wohnzimmer und hat die Türe zu geschlagen.

Danach ist nie wieder so etwas passiert. Davor nahm sie lediglich ab und zu Kratz Geräusche wahr die von den Wänden zu kommen schienen.

Was konnte das gewesen sein? Vielleicht die frühere Hausbesitzerin, die im Flur ermordet worden war?

Bedrohung meiner Tochter

Erst mal unsere Familienkonstellation: Mein Mann und ich haben eine 15-jährige Tochter und einen 8-jährigen Sohn. Mit den beiden leben wir zusammen. Dann gibt es noch meine Stieftochter, das ist die Tochter meines Mannes aus einer früheren Beziehung, sie ist 17 und lebt bei ihrer Mutter, allerdings kommt sie jeden mittag zum Essen zu uns (ihre Mutter arbeitet Vollzeit, ich nur halbtags) und jedes 2. Wochenende ist sie über Nacht hier. Das Verhältnis von allen Beteiligten ist gut, auch das zur Mutter meiner Stieftochter, allerdings gibt es zwischen meiner Tochter und meiner Stieftochter seit einigen Monaten häufig Spannungen, aber das ist ja normal im Teenageralter.

Nun war es so, dass so seit Oktober oder November immer wieder Dinge meiner Tochter verschwanden. Erst waren es vor allem Schulsachen und das kam mir etwas "verdächtig" vor, da meine Tochter mitten in der Pubertät steckt und ihre Noten auch nicht gerade glänzend sind. Sie geht in die 10. Klasse des Gymnasiums, steht aber kurz davor, das Jahr noch mal machen zu dürfen... Es ist derzeit auch ihr Freund wichtiger als alles andere und ich habe da in gewisser Weise Nachsicht, da junge Leute einfach ausgehen wollen und mit Freundinnen und dem Freund etwas unternehmen und bis zu einem gewissen Grad finde ich das auch in Ordnung und sogar gesund.

Meine Tochter lässt die Schule aber schon sehr schleifen und da habe ich des Öfteren geschimpft und urplötzlich verschwanden dann Schulsachen, so dass meine Tochter natürlich "leider Gottes" die Schulaufgaben nicht erledigen konnte. Ein Schelm, wer Böses dabei denkt... Dann verschwanden Dinge von meinem Sohn und da meine Tochter und meine Stieftochter ihren kleinen Bruder wirklich gerne anzicken und ärgern, hatte ich hier wieder die beiden Damen in Verdacht.

Hier habe ich die beiden gerügt, wobei sie vehement beteuerten, dass sie unschuldig seien, ich habe es "aus Mangel an Beweisen" dann dabei belassen. Streit unter Geschwistern gab es schon immer und auch das ist normal, meine Geschwister und ich haben uns auch oft angezickt und danach haben wir uns wieder vertragen und sind zusammen rumgetollt... Kommt vor.

Dann kam die "Geisterbeschwörung" der Mädels, Freundinnen waren zur Übernachtung da und sie haben rumgealbert und dieses Gläserspiel gemacht, seither berichteten sie immer wieder von Schatten oder Poltern. Auch das nahm ich nicht ernst, da ich dachte, die Mädchen sind eben auf diesem Gruseltripp, den viele mal durchmachen, und dies kann im Jugendalter ja auch spannend sein.

So weit, so gut... So ging es dann den ganzen Herbst, immer wieder verschwanden Dinge und meine Töchter hörten ein Poltern, welches aber weder mein Mann noch ich vernahmen.

Dann hatten mein Mann und ich im Dezember Hochzeitstag und wir fuhren übers Wochenende weg (Freitag bis Montag), mein Mann hat sich extra frei genommen, so dass wir 4 volle Tage fahren konnten. An dem Wochenende war meine Stieftochter zu Hause bei ihrer Mutter und unsere beiden anderen Kinder waren bei meinen Eltern.

Als wir am Montagabend nach Hause kamen, holten wir erst die Kinder von den Großeltern ab. Und als wir dann nach Hause kamen, traf uns alle der Schlag. Die Möbel und andere Gegenstände waren alle umgestellt. Es war aber nicht verwüstet, es fehlte auch nichts. Es war einfach verrutscht.

Die Sessel im Wohnzimmer standen auf der anderen Seite, Bilder hingen anders, Dekogegenstände standen anders, Bücher und Klamotten hingen anders... Aber nichts davon war verwüstet oder unordentlich, jemand, der unser Haus nicht kennt, hätte einfach gedacht, das steht immer so, versteht ihr? Das war einfach furchtbar gruselig. Wir überlegen, die Polizei zu rufen, aber was sollten die machen. Es gab keine Einbruchspuren und es fehlte nichts, sie hätten uns allemal für verrückt erklärt.

Mein Mann kennt einen Polizeibeamten und so riefen wir diesen quasi inoffiziell an, er meinte, da hätte uns jemand einen üblen Streich gespielt. Allerdings kommt dafür keiner der Kiddies infrage, denn meine Kinder waren die ganze Zeit bei Oma und Opa und meine Stieftochter bei ihrer Mutter...

Entweder haben wir da einen ganz gerissenen Einbrecher...der auch Gegenstände klaut...Oder einen Geist (das denken/hoffen die Kinder). Aber ich meine, das ist Unsinn. Aber was kann das sonst sein? Was kann es noch für logische Erklärungen geben außer einem "Eindringling" und WER könnte das sein? Kann man irgendwie ins Haus, ohne Spuren zu hinterlassen? Und ohne Schlüssel natürlich.

Erst letztens saß ich mit Freundinnen beim Stricken im Wohnzimmer und plötzlich stehen Schränke und Türen in anderen Räumen offen... Das ist schon unheimlich. Meine Freundinnen haben es auch gesehen, wir waren zu sechst insgesamt.

Oder plötzlich waren Sachen aus der Garage im Haus. Oder ein Sessel, der im Wohnzimmer steht, steht auf einmal im Flur. Dinge, wo man denkt... Bin ich verrückt? Aber andere bemerken dies auch, allen voran meiner Tochter geschehen diese Dinge, aber auch allen anderen Familienmitgliedern. Auch Verwandte oder Freunde, die zu Besuch sind, bekommen dies ggf. mit.

So, was meint ihr denn dazu? Das ist doch strange, oder? Diese Sachen passieren übrigens nur in unserem Haus UND bei meiner Tochter an der Schule! Bzw. IHR geschehen Dinge an der Schule, meiner Stieftochter, die an dieselbe Schule geht, allerdings nicht. Bei mir oder meinem Mann auf der Arbeit oder unserem Sohn an der Schule passiert nichts, auch nicht, wenn wir andere besuchen oder einfach woanders sind als daheim... Nur daheim und an der Schule meiner Tochter geschehen merkwürdige Dinge... Was kann das denn sein?

Ankündigung des Todes

Mein Erlebnis ist wirklich mehr, als gruselig. Bevor ich davon erzähle ist es vielleicht ganz nett, wenn ich mich kurz vorstelle. Ich werde dieses Jahr 20 Jahre alt und befasse mich schon etwas länger mit dem Übernatürlichen. In letzter Zeit machen mich selber einige Dinge sehr stutzig. Ich bin eigentlich ein sehr skeptischer Typ und versuche, alles so realistisch und logisch wie möglich zu sehen, was ich unter anderem auch gelernt habe, aber manche Sachen lassen mir in letzter Zeit keine Ruhe.

Alles Wesentliche ist Mitte letzten Jahres bis vor ein paar Tagen passiert. Angefangen hat es, als quasi über Nacht am Türrahmen und an der Wand meines Bruders, der zu der Zeit in Afghanistan stationiert war, weshalb ich in seinem Zimmer geschlafen habe weil er den besseren Computer zu der Zeit hatte, dunkelrote bis braune kleine Flecken aufgetaucht sind. Sie waren alle etwa 3mm groß und oval, es sah eher aus als hätte jemand mit einem Pinsel durch die Luft geschwungen und Farbe an die Wand geschleudert.

Zur gleichen Zeit etwa, habe ich in zwei Nächten unterm Bett ein leichtes Klopfen gespürt und gehört, gemeinsam mit leichten Schritten auf dem Teppich. Nun muss ich dazu sagen, dass ich zwar Skeptiker bin, wenn so was passiert werde ich aber, sofern mich nichts zu anderweitigen Dingen zwingt, leicht ängstlich und schaue gar nicht erst nach. Also lag ich weiterhin mit dem Gesicht auf der Matratze und habe nichts getan, glücklicherweise war das auch alles, was in diesen Nächten passiert ist.

Na ja, in der Zeit, genauer gesagt rund zwei Wochen darauf, ist meine Mutter gestorben. Ich weiß nicht ob das irgendetwas damit zu tun haben KÖNNTE, aber dass so "viel", wenn man das so nennen darf, gehäuft kurz davor passiert ist, was ja sonst nicht wirklich etwas Gewöhnliches ist, hat mich leicht stutzig gemacht.

Danach ist auch eine ganze Weile überhaupt nichts passiert, bis vor zwei Wochen. Zu dem Zeitpunkt war ich bei meiner Freundin zu Hause, sie war kurz davor zur Arbeit zu fahren und wir haben uns noch etwas auf dem Bett unterhalten, als plötzlich am anderen Ende des Zimmers aus dem Nichts ihre Spieluhr losging. Ich glaube es ist verständlich, dass wir uns verdammt stark erschrocken haben.

An Silvester ist dann das Letzte bisher passiert. Ich saß mit meiner Freundin bei mir zu Hause im Wohnzimmer, an das direkt ohne eine Tür dazwischen die Küche angrenzt. Wir haben Musik gehört und uns unterhalten, als wir plötzlich durch die Musik durch ein Rauschen gehört haben. Ich habe also pausiert und bemerkt, dass in der Küche die Dunstabzugshaube angegangen ist, und das hat uns dann ebenso ziemlich stutzig gemacht. Sie war auf keinen Fall schon vorher an, da in der Küche zu dem Zeitpunkt seit mindestens einer halben Stunde niemand gearbeitet hat und außer uns zwischendrin auch mein Bruder und mein Vater da waren; keiner von ihnen hat die Dunstabzugshaube gehört.

Bei der Spieluhr kann man jetzt sagen, dass sich aufgrund der Wärme und der Kälte - sie steht auf der Fensterbank direkt neben dem zu der Zeit geöffneten Fenster, die Bank selbst war noch recht warm, da vorher die Heizung an war - die Zahnräder etwas verzogen haben oder irgendwie etwas, wobei ich von so etwas keine Ahnung hab und nicht weiß, ob das sein kann. Bei der Haube allerdings finde ich keine so plausible Erklärung, immerhin braucht man schon minimal Kraft um den Schalter zu verschieben, und so viel Kraft hat ein wenig Durchzug nicht.

Diese Dinge sind schon mehr als merkwürdig, ich glaube, dass das Alles mit dem Tod meiner Mutter zusammenhing.

Unheimliche Gestalten

Mein „Problem" fing vor ca. 3 Jahren an. Ich zog zu meinem Freund und habe mich von Anfang an dort unwohl gefühlt. Man hatte ständig das Gefühl man ist nicht alleine und wird auf irgendeiner Weise beobachtet. Im Laufe der Zeit häuften sich die Ereignisse wie z.B. schnell vorbeiziehende Schatten, extreme Temperaturschwankungen in den Räumen obwohl alle Fenster zu und dicht sind.

Des Weiteren traten immer wieder Klopfgeräusche, rückende Möbelstücke und Gegenstände auf obwohl keiner in der Nähe war. Vor allem Nachts. Das Licht wurde auch ohne fremde Einwirkung ein und ausgeschaltet sowie der Wasserkocher von alleine an ging.
Der Fernseher und das Radio wurden ohne erklärbare Gründe laut und leise gestellt.

Vor kurzem waren wir in Bayern in Urlaub wo wir mit unserer Digitalkamera Fotos machten worauf deutlich weiße Punkte und ein Gesicht in der Fensterscheibe zu sehen waren.

Als wir wieder zuhause angekommen waren ging das bekannte Unwohle Gefühl weiter. Da wir gestern das Gefühl nicht los wurden haben wir in der ganzen Wohnung Fotos gemacht worauf wieder Lichtpunkte und Gesichter zu sehen waren.

Das Küchenfoto war am schlimmsten weil deutlich Gesichter zu sehen und Klopfgeräusche zu hören waren.

Zu guter letzt ist noch zu erwähnen dass mein Freund nie an übersinnliche Phänomene geglaubt hat, es jetzt allerdings tut da er alle Vorkommnisse haargenau so miterlebt und gesehen hat.

Was machen diese Gestalten da? Sind es Verstorbene?

Der Geist des früheren Hausbesitzers

Wir haben vor 8 Jahren ein altes Bauernhaus gekauft. Seit wir damals eingezogen sind, kam meine Tochter immer wieder mitten in der Nacht und sagte, sie hätte Angst. (In der Wohnung hat sie immer durchgeschlafen) Wir Erwachsene taten das damit ab, dass es eine neue Umgebung ist oder sie einen Albtraum hatte.

Dann änderte sich das jedoch schlagartig für mich und unsere Untermieterin! Wir waren an diesem Tag mit meiner Tochter unterwegs und wollten dann abends zuhause bleiben. Mein Lebensgefährte hatte für diesen Abend eine Openair Party organisiert und war die ganze Nacht weg.

Als ich vor dem PC saß (ebenfalls wie unsere Untermieterin), hörte ich wie die Tür zur Garage zugeschlagen wurde. Ich schrieb ihr, dass wahrscheinlich mein Freund etwas vergessen habe und sie schrieb zurück, dass er gerade die Treppe hoch kommt. Ihr Zimmer ist direkt an unserem Flur, so dass sie hört, wenn jemand das Haus betritt oder die Treppe hoch geht. Aber als ich nachsehen wollte und meinen Freund fragen wollte, was er vergessen hat, war da niemand.
Dieses Phänomen wiederholte sich immer dann, wenn mein Freund abends oder die ganze Nacht nicht Zuhause

war.

Unsere Untermieterin kann es nicht gewesen sein, da sie zeitgleich mit mir am PC geschrieben hat und meine Tochter hätte ich gesehen, wenn sie das Zimmer verlassen hätte.

Dann wurde es dann noch schlimmer! Ich war mit meiner Tochter auf dem Geburtstag meines Stiefvaters. Unsere Untermieterin, zusammen mit ihrem und meinem Freund auf einer Openair Party. Gegen 22 Uhr kam ich mit meiner Tochter von dem Geburtstag nach Hause und war dann noch bis 5 Uhr morgens wach. Um 6 Uhr hörte ich wieder, wie jemand die Treppen hoch kam, in mein Büro ging, dann ins Badezimmer und anschließend zu mir ins Schlafzimmer.

Ich dachte es wäre mein Freund und hab weiter geschlafen. Als ich jedoch um 7 Uhr erneut wach wurde, stellte ich fest, dass das Bett neben mir leer war. Also stand ich auf und suchte meinen Freund, der jedoch nicht Zuhause war. Gegen 10 Uhr kam er dann zusammen mit unserer Untermieterin und deren Freund heim. Ich fragte ihn, warum er morgens wieder gegangen sei, darauf antworteten mir alle 3, dass er bis jetzt mit ihnen unterwegs war.

Nachdem ich ihnen erzählt hatte, was passiert war, haben wir eine Alarmanlage und Überwachungskameras angebracht, da wir die Vermutung hatten, dass sich jemand einen Zweitschlüssel hat machen lassen und so durch die Garage ins Haus kommen würde.

Das Komische ist, dass wir seither zwar niemand mehr die Treppe hoch laufen hören, aber wir 3 Frauen uns ständig beobachtet fühlen. Für unsere Untermieterin ist es am Schlimmsten in ihrem Badezimmer, für mich in der Waschküche und für meine Tochter im Wohnzimmer. Aber auch wenn wir unter der Dusche stehen haben wir das Gefühl, dass jemand uns beobachtet, bzw. direkt vor uns steht. Das Gefühl beobachtet zu werden ist aber auch nur da, wenn mein Freund nicht da ist.

Letzte Woche kam ich nach meiner Tochter nach Hause. Sie war zu den Nachbarn gegangen und wollte gerade die Polizei anrufen, weil sie ein alter Mann mit Glatze und Bart an unserem Schlafzimmerfenster gesehen hatte. Als ich zusammen mit unserem Nachbar ins Haus gegangen bin, war da niemand. Er stand mit ihr direkt vor unserem Haus, es konnte also niemand unbemerkt das Haus verlassen.

Da ich die Vorbesitzer kannte, jedoch nichts von den Erbauern wusste und bezüglich diesen ein komisches Gefühl hatte, redete ich daraufhin mit unserer anderen Nachbarin und fragte sie über die Erbauer des Hauses. Ohne dass ich ihr von der Beobachtung meiner Tochter etwas sagte, erzählte sie mir, dass der Erbauer ein Frauenschläger und Perversling war. Auch ihre Beschreibung passte auf den Mann, den meine Tochter am Fenster gesehen hat. Ich rief daraufhin bei den Vorbesitzern an und die Frau erzählte mir, dass sie die Gleichen "Probleme" hatte.

Eigentlich glaube ich nicht an Geister oder so, aber die Aussage meiner Tochter hat mich doch sehr erschreckt.

Das „Dünne Ding" vom Friedhof

Gestern war ich mit meiner Freundin auf dem Friedhof. Es war so gegen halb 7 Uhr Abends. Es war schon dunkel, da wir ja Winter haben. Sonst haben wir eigentlich keine Angst, auch nicht vor Friedhöfen aber gestern war das anders. Als wir den Friedhof betraten, hatten wir gleich ein komisches Gefühl. Wir gingen weiter geradeaus und kamen immer mehr in die Mitte des Friedhofes. Als wir uns vor ein Grab stellten um es anzusehen, hörten wir plötzlichen ein seltsames Geräusch.

Es klang wie ein Röcheln aber es klang gleichzeitig irgendwie auch nicht menschlich weil keiner so eine hohe Stimme haben kann, ganz komisch. Wir sind erstmal ein paar Meter von dem Grab weggegangen zu so einer Bank. Dann haben wir beide noch ein Geräusch von weiter weg gehört, so ein Rascheln sie von Büschen oder so. Wir dachten uns erst nichts dabei, kann ja vom Wind sein. Aber als wir dann in die Richtung sahen von der das Geräusch kam, sahen wir eine übergroße und extrem dünne Gestalt. Sie war sehr dunkel und huschte an den Gräbern entlang. Wir sahen uns geschockt an und rannten schnell weg vom Friedhof.

Was könnte das gewesen sein? Ein Schatten war das nicht, ganz sicher. Menschen sind nicht so groß und dünn. Man konnte seine Arme nicht sehen, es war zu dunkel dafür. Vor ein paar Monaten ist so was ähnliches passiert, mit demselben Ding.

Ich war mit meinem Stiefbruder spazieren, auch in der Nähe des Friedhofes. Es war auch schon dunkel, wir hatten 9 Uhr oder so. Also plötzlich sahen wir an der Straßenecke vom Friedhof wie da dieses Wesen war. Es lief langsam im Kreis. Man konnte wieder nur erkennen dass es sehr groß und dünn war aber das Gesicht und die Arme nicht. Ich rief "Hallo?" Dann hörte es auf im Kreis zu laufen und drehte sein Kopf zu mir. Ich schrie und das Wesen rannte auf den Friedhof.

Was ist das für ein Ding? Warum hält es sich immer in der Nähe des Friedhofes auf? Ich hab ja schon viele seltsame Dinge erlebt, aber die beiden Sachen waren so ziemlich das krasseste.

Der Geist im Büro

Ich bin 22 Jahre alt und von Beruf Bürokauffrau, also alles ganz solide. Normalerweise glaube ich nicht an paranormale Aktivitäten, ich versuche immer, für alles eine Erklärung zu finden. Mir macht auch eigentlich nicht so schnell irgendetwas Angst, aber in letzter Zeit wird dieses Angstgefühl zu einem Dauergefühl.

Im August bin ich in einer neuen Firma angefangen. Ich muss dazu sagen, dass sich das Office in einem Gebäude befindet, in dem noch ca. 30 andere Firmen sitzen. Es ist ein Großraumbüro, wobei es noch einen separaten Besprechungsraum und ein kleineres Büro gibt (in dem kleineren Büro sitzen die drei Geschäftsführer und wenn die nicht da sind, ist die Tür abgeschlossen). Die Türen sind aus Holz, aber anstatt normaler Wände gibt es Glaswände. Außerdem gibt es noch neben dem Flur einen kleinen Serverraum. Das Gebäude ist vielleicht maximal acht oder neun Jahre alt.

Die ersten Monate ist alles gut gewesen. Meine Kollegen sind nett und die Arbeit macht auch Spaß. Manchmal bin ich auch ganz alleine im Büro, da wir viele Kollegen im Einzeldienst haben, aber das war nie ein Problem – kommt auch selten vor.

Ende September/Anfang Oktober fing dann alles an. Ich war nicht mal alleine im Büro. Noch zwei andere

Kollegen waren da. Auf einmal wurde mir sehr, sehr kalt (obwohl das Wetter eigentlich recht schön war). Mich überkam ständig so eine Art kalter Schauer und ich hatte am ganzen Körper Gänsehaut. Und dann war da dieses Gefühl beobachtet zu werden. Inzwischen habe ich so oft das Gefühl das jemand hinter mir steht, oder das mich jemand von draußen beobachtet.

Und dann hatte ich das Gefühl, als würde mir irgendjemand mit einer eiskalten Hand über den Nacken streicheln. Ich bin total hoch geschreckt und meine Kollegen haben mich nur komisch angeschaut und sich über mein Verhalten gewundert. Ein anderes Mal war es so, dass ein Luftzug an meiner linken Gesichtshälfte vorbei gezogen ist und ich bin mir auch ganz sicher, dass sich meine Haare bewegt haben (alle Fenster und Türen waren zu dem Zeitpunkt geschlossen).

Neuerdings wird es aber immer merkwürdiger. Auf der Arbeit nutzen wir Laptops anstatt Computer. Als ich auf die Toilette gegangen bin und wieder rein kam, war mein Laptop plötzlich zugeklappt, obwohl ich ihn offen gelassen hatte. Ich war alleine im Büro, also wer hat den Bildschirm zugeklappt? Der Laptop ist neu und vorher war das auch noch nie so. Oder Sachen verschwinden einfach. Ich habe tagelang meine Schere gesucht, die keiner von den Kollegen weggenommen hat (habe alle gefragt, die an dem Tag da waren) und dann ist sie später auf der Fensterbank neben mir wieder aufgetaucht, obwohl ich auch dort geschaut hatte.

Und seit ca. einer Woche fällt mir auch auf, dass es zu Hause komische Situationen gab. Ich wohne seit etwas über einem Jahr mit meinem Freund zusammen. Mein Freund ist beruflich oft unterwegs, also bin ich auch manchmal alleine. Ich saß auf der Couch und hab aus dem Badezimmer ein merkwürdiges Geräusch gehört. So eine Art kratzendes Geräusch - so als ob man mit den Fingernägeln über irgendetwas Raues fährt. Hab dann meinen Mut zusammengenommen und habe nachgeschaut, aber nichts gesehen. Mir fiel bloß auf, dass es schweinekalt im Badezimmer war und sonst ist das Badzimmer immer der wärmste Bereich in der Wohnung.

Und seit ein paar Tagen verschwinden auch zu Hause immer wieder einige Sachen spurlos. Meine Bürste ist ein paar Tage lang nicht aufgetaucht. Ich habe meinen Freund gefragt ob er sie versehentlich mitgenommen hätte, aber er hat überall nachgeschaut und sie nicht gefunden. Ich hab die Bürste dann ein paar Tage später unter unserem Wohnzimmertisch beim Saubermachen gefunden. Wie ist die da bitte hingekommen? Ich habe mir noch NIE im Wohnzimmer die Haare gekämmt.

So langsam macht mir das wirklich Angst. Es sind zwar alles nur ein paar Kleinigkeiten, aber ich habe echt Angst, dass es schlimmer wird. Ich habe jetzt schon Probleme einzuschlafen und mir graut es davor, was passiert, wenn es schlimmer wird.

Ich muss dazu sagen, dass meine Oma im März gestorben ist, aber da ist nie was passiert und ich glaube auch, dass ich wissen würde wenn sie das ist, wir hatten immer ein sehr gutes Verhältnis und sie würde mir niemals Angst einjagen.

Eine andere Erklärung habe ich aber nicht.

Unerklärliche Todesfälle

Bei uns passieren merkwürdige und negative Dinge, die eigentlich immer irgendwas mit Krankheit, Tod und Sachschaden zu tun haben und das in einer unglaublichen Häufigkeit, dass es nicht mehr normal ist. Unsere "Story" hat sich bereits im ganzen Ort herumgesprochen und neben dem alltäglichen "Kopfschütteln", mit dem die Leute uns begegnen, gibt es auch bereits Leute, die uns wegen der Vorkommnisse (aus Angst, "angesteckt" zu werden) komplett meiden.

Es begann eigentlich alles, als wir beschlossen, das Elternhaus meines Lebensgefährten zu renovieren. Es sollte auch teilweise um- sowie angebaut werden. Wir waren mit Feuereifer dabei, aber irgendwann kamen wir in eine Pechsträhne (benötigtes Baumaterial mehrmals hintereinander ausverkauft, etliche Reparaturen, sogar nagelneue Gegenstände wurden ohne erfindlichen Grund sofort kaputt, aber noch nichts wirklich "Schlimmes").

Etwa 8 Monate nach Baubeginn wurden wir plötzlich überschwemmt (komplettes Untergeschoß), obwohl - als die Schwiegereltern noch im Haus lebten - nie etwas bzgl. Überschwemmung vorgefallen war. Im Außenbereich hatten wir bis dato nichts geändert, sogar ein Sachverständiger konnte sich die Überschwemmung nicht erklären (wir hatten deswegen auch Ärger mit der Versicherung).

Mit den Jahren (davon verbrachten wir etwa 2 1/2 Jahre mit Bauen) wurde das Ganze immer schlimmer. Kurz zusammengefasst: 2 Überschwemmungen (eine davon hätte unsere Existenz/Firma beinahe scheitern lassen), 2 Kabelbrände (neu montierte Elektroleitungen eines Fachmannes!), diverse Unfälle, 11 neue Sachen gehen ohne Grund kaputt, 2 Todesfälle, 2 totgefahrene Katzen (und das mitten in einer Einöde!) und noch vieles mehr...

Als wir dann 2011 mit Bauen so einigermaßen fertig waren, kamen auf einmal merkwürdige Krankheiten bzw. gesundheitliche Einbußen bzw. lebensbedrohliche Umstände auf. Betroffen waren nicht nur wir (mein Lebensgefährte, unsere Tochter und ich), sondern auch unsere beiden Familien. Menschen wurden aus dem nichts heraus krank. Beispiele: 1) Mein Schwiegervater wurde von Kopf bis Fuß durchgecheckt (Ultraschall und CT) - ohne Befund. 2 Monate später verstirbt er an einer fast zu 85% mit Krebs durchdrungenen und umschlossenen Leber. Die Ärzte meinten, dass so was eigentlich unmöglich sei und ließen sich sogar noch die Befunde bringen und die waren OB und die Untersuchungen von Spezialisten gut gemacht!

2. Meine Schwiegermutter lässt sich routinemäßig durchchecken, erhält den Befund sie sei topp fit, zwei Tage später hat sie einen Herzinfarkt. Insgesamt gibt es noch 13 andere ähnliche Vorfälle, aber mit verschiedenen Krankheiten.

Das an sich Merkwürdigste sind aber nicht nur die Häufigkeit und die Umstände, sondern die wirklich "passgenaue" Reihenfolge der Vorkommnisse/Krankheiten.

Ein kleiner Ausschnitt:
Meine Tochter wäre während der Schwangerschaft 3x beinahe gestorben (1x fast bei der Geburt). Am Tag ihrer Geburt (die sie um Haaresbreite überlebt hat), fangen bei mir extreme Schmerzen an (kein Arzt kann mir sagen, was los ist), an denen ich 6 Monate lang leide und ich muss ins Krankenhaus wo eitrige Gallenblasenentzündung und ein Leberkoma festgestellt werden. Ich überlebe gerade noch. Am Tag als ich aus dem Krankenhaus entlassen werde, erhält mein Schweigervater die Diagnose Krebs.

Am Todestag meines Schwiegervaters erkrankt mein Vater schwer. An dem Tag, an dem mein Vater sich nach Wochen erstmals wieder besser fühlt, wird meine Katze schwer verletzt (mysteriös: der Tierarzt kann sich die Wunde nicht erklären, es sieht aus als wäre eine rundes Symbol in ihre Haut eingebrannt worden). Als meine Katze vom Tierarzt als geheilt entlassen wird, erhellt der Onkel meines Lebensgefährten die Diagnose Hautkrebs.

Als dem Onkel die Geschwulst entfernt wird, setzen meine Koliken wieder ein. An dem Tag als ich aus dem Krankenhaus entlassen werde, erleidet meine Schwiegermutter einen Herzinfarkt. An genau dem Tag, an dem meine Schwiegermutter sich wieder besser fühlt, wird meine Katze überfahren. Ich könnte ewig so weitererzählen...

Fällt Euch was auf? Es ist fast so, als wenn da irgendetwas von einer Person auf eine andere Person überspringen würde. Kein Tag vergeht ohne Katastrophe...

Wir sind mittlerweile total abgestumpft und innen drin irgendwie "hohl". Die einzige Freude ist unsere kleine Tochter (obwohl wir große Angst haben, dass ihr irgendwas passieren könnte). Einige Leute meiden uns schon komplett, manche unserer Freunde haben den Kontakt abgebrochen... Es spricht sich herum, dass Leute, die enger Umgang mit uns haben, plötzlich auch großes Pech haben oder unerklärlich krank werden.

Unheimliche Kinder Schritte

Ich dachte mir, ich berichte mal über ein Ereignis was mir letztes Jahr Dezember passiert ist. Ich war beruflich unterwegs, um ein Album aufzunehmen, wir freuten uns alle natürlich sehr darauf. Wir buchten eine Ferienwohnung für uns 5 in einem kleinen Vorort.

Diese Ferienwohnung hatte zwei Besitzer, ein Ehepaar so denke ich im mittleren Alter. Sie wohnten im Erdgeschoß und der obere Bereich, also die zweite Etage vermieteten sie für Gäste. Wir kamen dort völlig erschöpft an, wurden sehr nett begrüßt, alles recht herzlich.

Wir gingen die Treppe hoch und eines wunderte mich ein wenig, das obere Geschoß hatte 5 Zimmer eine Küche, fast in jedem Zimmer hingen Kreuze, überall verteilt Kinderspielzeug und Kindertapete. Ich dachte mir da natürlich noch nicht so viel, wunderte mich nur ein wenig, vielleicht haben sie ein vor einiger Zeit ein Kind verloren und vermieten es deswegen um nicht mehr allzu oft mit dieser Traurigkeit konfrontiert zu werden? Keine Ahnung, ich fand es halt komisch aber es war noch kein Grund Ängste zu entwickeln.

Ich teilte ein Zimmer mit einem Kollegen, machte noch mein Spaß in dem ich das Kreuz falsch herum auf hing, um ihn etwas zu ärgern da er ein recht gläubiger Mensch ist und war, mein Gott jeder macht seine Späße und wir beide lachten dann darüber und meinten dann noch, nicht das irgendwas passiert.

Da ich der Sänger bin und ein wenig erkältet war, musste ich nach zwei tagen das Zimmer tauschen und schlief im Wohnzimmer, musste mich sozusagen umbetten in den Raum wo es am wärmsten war, brauchte ja meine Stimme.

Die erste Nacht oben passierte dann das erste Komische, mein einer Kollege und ich sind die einzigen in der Band die eher nachtaktiv sind und nur schlecht sofort einschlafen, die Anderen hingegen sind immer sofort im Land der Träume und bekommen nichts mit.

Ich drehte mich so 1.00 nachts hin und her, als ich auf einmal Schritte hörte und wie die eine Tür, es war eine verglaste Schiebetüre vor und zurückgeschoben wurde, das ging so 10 Minuten lang...ich fand das sehr komisch, meine Tür war zwar zu, aber ich konnte es sehr gut einordnen. Das Ehepaar im Erdgeschoß ging so 22.00 Uhr ins Bett, das bekam man mit, da mein Kollege und ich draußen eine Rauchen gingen und da schon überall Licht aus war, zudem ist unser Bereich mit einer Tür sozusagen abgegrenzt.

Am nächsten Tag wie gesagt stand ich auf und fragte alle Kollegen ob sie nachts noch ein paar Mal aufgestanden seien...die Drei verneinten, sie hätten geschlafen nur mein einer Kollege, fragte mich hingegen wieso fragst du, hast du diese schritte auch gehört und wie die Schiebetür

auf und zu ging? Ich war etwas irritiert, er hatte auch ein sehr unwohles Gefühl gehabt.
Es wunderte uns beide sehr, aber wir hatten so noch kein Verdacht auf irgendetwas gehabt und gingen unserer Arbeit nach. Jedoch wurde es in der nächsten Nacht richtig gruselig.

Wieder um diese Zeit ca. hörte ich Schritte und Geräusche und jetzt wird es richtig gruselig. Über uns war ein Dachboden. Ich hörte auf einmal kleine, seichte Schritte wie als würde ein Kind dort umher rennen, man hörte sogar leise Kinderstimmen, ich war so geschockt, versuchte ganz leise zu atmen, um mir das genau anzuhören und es waren eindeutig leise Kinderstimmen zu hören.

Insbesondere mir alle Haare am Körper besonders an den Armen hoch standen. Die letzte Nacht wachte ich sogar auf und bemerkte, dass mich eindeutig irgendwas berührt hatte. Mein Freund hatte das auch gehört.

Man hat eindeutig eine Kinderstimme gehört, dann diese Schritte...ganz unheimlich, so was erlebt man ja nun nicht alle Tage. ich schaute mich mit meinem Kollegen am letzten tag etwas um, wir bemerkten wie gesagt überall die Kindertapete, die Kreuze und das schier zu viele Kinderspielzeug überall verteilt.

Dann entdeckten wir ein Bild von einem kleinen Mädchen, das sah so unglaublich unheimlich aus, es war ein gezeichnetes Bild, kennt ihr zufälligerweise diese unheimlichen gezeichneten Kinderbilder dieses einen Künstlers, mit diesen schwarzen seelenlosen Augen? An diese Zeichnungen musste ich sofort denken, als ich dieses Bild sah, jedoch ob es in irgendeinem Zusammenhang stand, keine Ahnung.

Mir was das alles so eigenartig, das ich die Besitzer zur Rede stellen wollte, ich ging nach unten und fing ein Gespräch an mit der Dame. Jetzt wird es weiter sehr eigenartig, ich erzählte ihr das mit den schritten und den Türen usw., sie machte den Eindruck, als hörte sie das nicht zum ersten Mal, meinte erst, ja, das haben schon mehrere berichtet jedoch komischerweise schweifte sie dann ab und korrigierte ihre Meinung, das es nur einer sagte und das war dann eine kleine Maus die umherlief. Sie wollte abschweifen und ging immer meine Fragen aus dem Weg.

Mäuse machen keine Türen auf, Mäuseschritte klingen nicht wie kleine Menschenschritte und machen sicherlich keine Stimmen von Kindern nach, ausgeschlossen.
Es war wirklich sehr einprägsam. Wir gingen dann in ein Hotel die letzten Tage. Das war eine sehr gruselige Angelegenheit. In Verbindung mit den Kreuzen, der immer noch vorhanden Kindertapete...sehr eigenartig. Die Frau meinte, ihre Kinder seien ausgezogen und schon an die 25-30 Jahre alt, warum dann Kindertapete in Jugendzimmern?

Einige Zeit später forschte ich nochmals nach, da mir das Alles keine Ruhe ließ. In dem Haus waren zwei kleine Mädchen gestorben, sie wurden plötzlich krank und es ging dann alles sehr schnell. Das war die Erklärung für mich für die Schritte und Kinderstimmen.

Unheimlicher „Atem" auf dem Friedhof

Mein geliebter Opa ist leider vor 4 Monaten gestorben, es sitzt noch sehr tief, er war ein sehr guter Mensch, gütig, herzlich.

Es nahm uns alle mit, besonders meine Mutter und meiner Tante, so verloren sie schon vor zwei Jahren ihre Mutter und kurz danach ihren geliebten Vater.
Es war eine sehr harte Zeit für uns alle, aber wem sage ich das, ihr habt das sicherlich schon alle mehr oder weniger durch einen geliebten Menschen zu verlieren.
Meine Mutter und meine Tante blieben noch eine Weile in dem Haus meines verstorbenen Opas, um alle Formalitäten und alles, was anfällt, zu klären und zu stemmen...harte Zeit...ich konnte leider nicht alles mit abnehmen da die Arbeit wieder rief.

Eine Woche nach der Beerdigung meines Opas, rief mich völlig aufgelöst meine Mutter an.
Ich fragte sie...Mutti...was ist los? Was ist passiert?
Sie antwortete...du wirst es nicht glauben was deiner Tante und mir passiert ist. Meine Mutter ist eigentlich Atheisten, glaubt nicht so wirklich an paranormale Dinge aber das stellte doch ihr Leben ziemlich auf den Kopf.

Ich zitiere sie einmal das fällt mir leichter es auf den Punkt zu bringen.

Meine Mutter: Wir sind völlig fertig mit den Nerven,

meine Schwester ist völlig aufgelöst und blass, wir können es einfach nicht verstehen was da passierte.
Wir gingen auf den Friedhof, es war ein warmer und trockener Tag, Der Friedhof war ziemlich Menschenleer und wir trauerten neben dem anonymen Grab und wollten Kerzen und Blumen hinbringen.

An einer Stelle des anonymen Grabes wurde uns ganz kalt und ich sah meinen eigenen Atem und den Atem meiner Schwester...als wir wieder von dieser einen Stelle gingen war dieser Atem wieder weg, erst dachte ich mir das es nur Einbildung war bis wir wieder nach einigen Minuten an diese Stelle gingen, jetzt sah ich den Atem meiner Schwester ganz deutlich, sie bekam Angst und auf einmal kam eine art große Nebelblase aus ihrem Mund, die sich immer deutlicher zu manifestieren schien. Die Blase wurde größer lief spitz nach vorne zu, gerade aus und ging in den Boden des anonymen Grabes rein.

Meine Schwester und ich waren völlig fertig was war das? Ich bin ehrlich, ich versuche immer eine logische Alternative zu finden, bis jetzt ist mir keine eingefallen. Zumal sie sich auch ganz komisch fühlten und ich denke so was zu erleben ist schon ein harter Schlag.
Fasst man mal zusammen, sie meinte es waren ca. 22 Grad, trockene Luft, keine Kerzen die brannten und kein nasser Boden da es länger nicht regnete.

Wie konnte man dann den Atem sehen? Diese art Blase die mich an Plasma erinnerte nach der Beschreibung schien ein Eigenleben zu haben, denn welcher Atem bildet eine Blase wird dünner am Ende und geht in den Boden rein.

Das anonyme Grab ist eine Rasenfläche...ob es nun ein Zeichen von meinem Opa war oder von irgendwas und irgendwem anderes kann ich nicht sagen. Was mich selber wundert ist das ich es für unwahrscheinlich gehalten hatte das es auf Friedhöfen wirklich solche Dinge geben könnte weil dort nur die toten Körper liegen aber gestorben sind sie allesamt woanders.

Es ist jetzt keine Erfahrung von Monstern, oder rot leuchtenden Augen in der Nacht, aber ich lege meine Hand für meine Mutter ins Feuer das sie nicht lügt, sie ist Pädagogin und selber eher skeptisch, aber das bereitet ihr nach wie vor Kopfzerbrechen.

Das Ding im Schlafzimmer

Es gibt da ein Erlebnis was ich gerne erzählen möchte. Ich war damals ca. 10 Jahre alt, als ich mit meiner Mutter und meinem Bruder bei einer Freundin meiner Mutter schlafen sollte.

Ich kannte die Freundin seit meiner Geburt, und mochte sie gut leiden, war auch immer gerne bei ihr gewesen. An diesem Abend sollte ich mit meinem Bruder wie gewöhnlich ins Bett, wir sollten in ihrem Schlafzimmer schlafen.

Als wir den Raum betraten überkam mich ein großes Angstgefühl, ich wollte da nicht rein gehen..........ich würde fast panisch! Meine Mutter meinte ich solle mich beruhigen und sie würde die Tür auf stehen lassen und das Licht anlassen.......sie wäre ja nebenan im Wohnzimmer.

Das beruhigte mich nicht wirklich, dieses schreckliche

Angstgefühl blieb..........und ich lag wie versteinert neben meinem Bruder im Bett, der damals 3 Jahre alt war.
Ich starrte nur an eine Stelle, die war zwischen Fenster und Wand, es war natürlich nichts zu sehen........und trotzdem hatte ich das Gefühl etwas anzustarren, etwas Böses!

Es war ca. der 3.Stock.........sie wohnte unter dem Dach und das Fenster war geschlossen, sie hatte so ein Rollo, was aus einem geraden Stoff bestand, wo unten eine Art Stange drin ist.

Ich lag da nach wie vor, wie ein Steiftier.......als plötzlich das Rollo, wie von einer unsichtbaren Hand zusammen gepresst wurde. Ich fing an zu schreien und mein kleiner Bruder ebenfalls, der auch schon vorher genau die gleiche Ecke wie ich anstarrte.

Unsere Mutter kam und es war natürlich nichts da!
Kurz darauf bin ich irgendwann dann doch eingeschlafen.(vor Müdigkeit und Anspannung).
Viele werden sagen das ich meine Panik auf meinen Bruder übertragen habe und das alles meiner Phantasie entsprungen ist......das glaube ich persönlich nicht.
Ich bin jetzt 35.mein Bruder 28.und wir können uns beide noch sehr gut daran erinnern.
Mir verschafft es bis heute einen Schauer, wenn ich darüber nachdenke.

Der komische Junge

Mein Erlebnis handelt von einem Jungen, der mich verfolgt. Alles hat eigentlich angefangen, als meine Mutter und ich nach Hause gefahren sind. Es war mitten am Tag und plötzlich stand auf dem rechten Gehweg dieser Junge. Ich wusste nicht wieso er mich so fasziniert hat, aber ich hab ihn gesehen und er hat die ganze Zeit in meine Augen geschaut. Es war natürlich nur ein kurzer Augenblick, aber er geht mir bis heute nicht aus dem Kopf (ist schon 2-3 Jahre her). Und meine Mutter hat mir damals versichert, dass sie niemanden gesehen hätte (da wir nur 30 gefahren sind, in einem kleinen Dorf, hätte sie ihn doch bestimmt wenigstens aus dem Augenwinkel gesehen?)

Auf jeden Fall hab ich ihn danach immer wieder gesehen. Erst nur in meinen Träumen. Er stand einfach nur da und wir haben uns angeschaut. Aber ich hab sein Gesicht nicht sehen können und auch seine Kleidung nicht erkennen können. Eigentlich war es einfach nur eine Person, aber ich hab deutlich gespürt, dass er es war. Irgendwann kam dann noch ein Mädchen dazu. Sie hatte ein langes weißes Nachthemd und lange Haare, aber auch bei ihr konnte ich das Gesicht nicht sehen.

Nach ein paar Tagen oder Wochen war es dann so weit, dass ich ihn in "echt" gesehen hab. Er stand mitten in meinem Zimmer und hinter ihm aber diesmal 2 Mädchen - manchmal auch drei. Aber immer war er in Begleitung. Ich dachte ich bilde mir alles nur ein und hatte oft einfach nur Angst und bin dann vor ihnen weg gelaufen. Aber ich hab gespürt, dass sie immer noch da waren.

Dann hab ich sie öfter gesehen. In der Schule - Bei Freunden - Draußen.
Oft auch nur gespürt, dass >er< hinter einer Tür oder einem Baum steht.

Und eines Nachts, wo er wieder in meinem Zimmer stand, ist er immer näher gekommen. Er hat die Hand nach mir ausgestreckt. Ich hab einfach die Decke hoch gezogen und mich zur Wand gedreht und dachte er würde schon weg gehen, es wäre eh nur meine Fantasie. Ich hab ihn gespürt.. und seine Hand.. ich hab mich auf den Rücken gelegt und dann stand er da. Er hat seine Hand auf mich gelegt. Ich konnte kaum noch Atmen weil so ein Druck auf meiner Brust war, dass war vielleicht 1-2 Minuten so und dann ist er ein paar Schritte weg und verschwunden. Ich hab lange geweint und dachte ich müsste in die Klapse oder so.

Wo ich mich mit jemandem über ihn unterhalten habe, hat er auch zu gehört. Ich hab ihn besser erkennen können und er sah auch älter aus als sonst. Vielleicht nur 2 Jahre älter, aber ich hab es gesehen. Er trug auch andere Klamotten.

Und bei ein paar Dingen hat er gelacht. Es sah zumindest so aus. Er hat nie geredet und ich hab nie seine Stimme gehört. Aber als wir über ihn geredet haben, hat er gelächelt/gelacht.

Als ich nachts mal alleine draußen rumlaufen war, und er

und die Mädchen wieder da waren, hab ich sie die ganze Zeit angeschrieen. Bestimmt eine dreiviertel Stunde lang hab ich geschrieen. Dass sie abhauen und mich in Ruhe lassen sollen. Dass sie nur meine Fantasie wären.

Und dann waren sie weg. Aber nicht lange und dann war der Junge wieder da. Aber nur noch einmal.
In meinem Zimmer kam er wieder zu meinem Bett und hat sich neben mich gesetzt. Ich hab ihm erzählt wie es mir geht und dass er mir Angst macht. Dass er gehen soll. Und als ich vor lauter erzählen, weinen und vor Erschöpfung eingeschlafen bin war er weg.

Das ist jetzt gut 5 Monate her und bis vor ein paar Wochen hab ich nichts mehr von ihm gesehen geschweige denn an ihn gedacht.
Aber inzwischen kommt es mir wieder so vor, als wäre er manchmal da und würde mich beobachten.

Die alte Schneiderei

Ich bin sehr skeptisch, was Paranormales angeht, aber ich muss gestehen, dass diese ganze Situation, die ich euch gleich schildern möchte, wie aus den Film Poltergeist scheint. Diese 'Dinge' die ich gleich schildern möchte, sind nicht mir, sondern der Schwägerin meiner besten Freundin passiert. es fing vor gut 1 1/2 Monaten an.

Wir wohnen in einer recht beschaulichen Altstadt mit wirklich interessanter Geschichte. Meine beste Freundin, ihr Mann und Kind, sowie ihre Schwägerin und ihre Familie wohnen mitten in unserer Altstadt.
Ihre Schwägerin, ich nenne sie einfach mal Ina und ihre Familie haben sich ein Häuschen gemietet, welches von der Größe eher einer Wohnung gleicht, die in früheren Zeiten einmal eine Schneiderei gewesen ist. Ich bin der Meinung, das Haus müsste aus den 70er Jahren sein, dass es sozusagen zwischen die Fachwerkbauten gequetscht wurde. So viel zu unserer Kleinstadt-

Kurz nachdem 'Ina' mit ihrem Mann und ihrer 5 jährigen Tochter dort eingezogen sind, haben meine beste Freundin und sie festgestellt, dass die beiden zum zweiten mal schwanger sind und das auch noch in der gleichen Woche (mein Patenkind wird 1 Jahr alt).
Das alles ist ja noch nicht außergewöhnlich, aber das was folgt, ist es.

Wenige Zeit nachdem beide die Gewissheit vom Frauenarzt bekommen haben, konnte 'Inas' Tochter nicht mehr in ihrem Zimmer schlafen. Was eigentlich sehr untypisch ist, da die kleine echt cool ist, was das alleine

Schlafen angeht, hat sie recht früh auf die Kette bekommen und wollte auch nicht bei Mama und Papa schlafen.

Sie fing irgendwann an, jede Nacht wie am Spieß zu schreien und zu weinen und wollte nicht in ihrem Bett weiter schlafen. Wenn man sie gefragt hat, was denn passiert ist, hat sie gesagt das da was 'doofes' in ihrem Fernseher ist (ja ich weiß, 5 Jahre alt und TV im Kinderzimmer... -.-), welcher aber immer aus war zu der Zeit.

Dieses hat sich dann einige Male wiederholt, sodass sie gar nicht mehr in ihrem Zimmer schlafen will. Sie hat auch immer alleine oder mit meinem Patenkind, ganz toll in ihrem Zimmer gespielt, dass macht sie gar nicht mehr, nur noch im Wohnzimmer weil, wie sie sagt, es gruselig ist oder das sie angst hat.

Nun schläft sie seit einiger Zeit bei ihren Eltern im Bett mit. Als Ina neulich morgen aufstanden ist, um sich für die Arbeit fertig zu machen, hat sie an ihrem Hals Katzer entdeckt und etwas, was wie ein Knutschfleck/Härmatom aussieht (als meine beste Freundin mir das erzählt hat, meinte ich Kratzer kann man sich im Schlaf ja selbst zufügen, aus Versehen).

Der Meinung war sie auch, bis auf diesen blauen Fleck. Ina beschuldigte ihren Mann und hat ihn angemacht, warum er so was macht, er wüsste doch das sie Arbeiten muss und wie das denn jetzt aussehen würde. Er meinte dann, dass er das auf keinen Fall gemacht habe, schließlich würde ja immer noch die Kleine mit im Bett liegen und erst recht nicht wenn sie schläft. Sie haben es dann einfach dabei belassen und es abgeharkt.

Ein paar Tage später, wieder morgens, haben Ina und ihr Mann dann ein sehr altes Kinderspielzeug im Wohnzimmer entdeckt. So eine art Holzpuppe für Mädchen, sah wohl auch ziemlich abgenutzt aus. Den Abend vorher hatten sie Besuch von einer Freundin mit Kind und die dachten, das Kind hätte es vergessen, allerdings stellte sich dann heraus, dass diese Puppe nicht zu ihnen gehört und auch nicht zu meiner besten Freundin und ihrem Sohn.

Sie haben die Puppe dann weggelegt, eine Erklärung hatten sie dafür dennoch nicht. Sie hören ständig seltsame Geräusche, die sie sich nicht erklären können und auch nicht genau identifizieren können, also keine typischen Geräusche, die man in einer Stadt hört. Sie meinen, es würde sich anhören, als käme es von oben, aus dem nicht benutzten Raum oder dem Minidachboden. Meine beste Freundin ist viel bei ihrer Schwägerin, da sie sozusagen fast Nachbarn sind und sie selbst hat einige Geräusche mitbekommen und fühlt sich äußerst unwohl im Haus.

Ja... Heute Morgen bekam ich dann einen Anruf, von meiner besten Freundin. Sie erzählte mir dann, dass sie ihr Baby verloren hat, im zweiten Monat und Ina ebenfalls... Bis zum dritten Monat ist es ja generell riskant, aber was mich stutzig macht ist die Parallele... beide im zweiten Monat, bei beiden keiner Herztöne mehr. Dazu diese seltsamen Geschehnisse im Zusammenhang mit Inas Tochter und dieses Uralte

Kinderspielzeug das mitten aus dem nichts aufgetaucht ist...

Ich weiß, dass Ganze hört sich total bescheuert an. Ich bin auch immer davon überzeugt, dass es für alles eine logische Erklärung gibt, allerdings ist mir das zu viel an Zufällen!

besonders verängstigt? Es wäre schön zu wissen, dass das einfach nur dumme Zufälle, schlechte Träume und unglückliche Ereignisse waren....

Einer kommt, einer geht…

Vorab, ich war nach dem Ereignis in Therapie, weil ich glaubte, nicht alle Tassen im Schrank zu haben, ja ich selber habe an meiner vollen Geisteskraft gezweifelt, aber nun zu den merkwürdigen Vorfällen.

Es waren Herbstferien vor 9 Jahren und ich habe Urlaub bei meinem Cousin in gemacht. Am letzten Tag bevor ich wieder abgeholt werden sollte, sind wir mit meiner Tante und Onkel zu meiner Oma und Opa gefahren zum Kaffee trinken. Gegen Abend verabschiedeten wir uns und wollten fahren. Ich und mein Cousin saßen schon im Auto, als mir ganz plötzlich Bilder von einem Autounfall in Kopf kamen (LKW und PKW) und mich überkam der Gedanke das ich mich noch mal richtig von Oma und Opa verabschieden muss weil ich sie nicht lebend wieder sehe.

Gesagt getan und dann (zum Glück) meiner Tante und Onkel meinen fluchtartigen Ausstieg erklärt. Habe auch groß kein Gedanken mehr dran verschwendet. Bis zu dem Tag eine Woche später wo wir unverwarteten Besuch von Mamas Geschwistern bekamen. Haben uns natürlich gefreut und auch gewundert das ein ungeplantes Familientreffen stattfand. Auf mal fragte mein Onkel mich nach den Bildern und mein Gefühl am letzten Urlaubstag bei Oma und Opa damals. Ich habe es beschrieben und meine Tante weinte los und teilte uns mit das Oma und Opa einen Autounfall hatten. Meine Oma mit schweren Kopfverletzungen in ein Krankenhaus eingeliefert wurde und mein Opa "nur" sein Handgelenk gebrochen hatte.

Meine Oma war und wird nie wieder ansprechbar sein, da die linke Gehirnhälfte durch Blutung zerstört wurde. Ich weiß von dem Tag nur noch, das ich immer nur gesagt habe "Ich bin Schuld", 2 Wochen später erfuhr ich das ich schwanger bin und haben es meinen Tanten bei einem Besuch bei Oma auf der Intensivstation erzählt.

Meine Tante sagte dann ein Satz (ohne das sie dies wollte, oder ohne mir ein Vorwurf machen zu wollen) der mein Leben lange zeit verändert hat "Einer kommt, einer geht" Nach 4 Monaten Koma hat meine Oma sich dann entschieden zu gehen. Im Juli bekam ich dann meine erste Tochter und das Drama nahm erneut sein lauf. Es passierten komische dinge mit meiner Tochter- na ja, eher mit meiner Psyche, worauf ich dann in Therapie ging.

Dann gab es ein ähnliches Erlebnis, was aber eine schöne Vorrausahnung war. Unsere Nachbarin war Schwanger und haben das Geschlecht, sowie den Namen aber geheim gehalten. Ich war an dem besagtem Tag mit meinem Freund unterwegs und wir fuhren am Krankenhaus vorbei, wo mir in Kopf schoss " Jannik K...." (möchte ihn nicht komplett veröffentlichen) ist da.

Als wir zuhause ankamen meinte mein Papa dann zu meinem Freund dass sie abends zum Babypinkeln rüber müssen da Jannik K. da ist.

Vor knapp 1 1/2 Jahren spielte meine mittlere Tochter in ihrem Zimmer mit ihrer Puppenküche und bediente ihre "Immaginären Freunde" sie rief dann mal das ihre Freundin möchte, das ich mit Kaffee trinke also setzte ich mich dazu und tat so als würde ich Kaffee trinken und spielte "das Spiel" mit.

Diese spiele wiederholten sich dann häufiger. Irgendwann saß ich im Wohnzimmer und habe mein Fotokarton sortiert als meine mittlere total aufgeregt ein Bild nahm und sagte: Mama guck mal da ist ja Jenna mit der wir immer Kaffee trinken in meinem Zimmer......Ich guckte das Bild an und sie zeigte auf meine 2005 verstorbene Freundin die bei einem Verkehrunfall ums Leben kam. Mir wurde schlecht und kalt zu gleich. Meine mittlere kann sie nicht kennen auch von Bildern nicht und schon gar nicht den Namen, da meine Mama den Karton erst morgens brachte. Meine mittlere ist 2009 geboren, meine Freundin 2005 gestorben.

Spuk im Kinderzimmer

Als ich ca. 15 Jahre alt war, ist etwas Komisches passiert, bis heute denke ich öfter mal daran. Ich weiß nicht so recht, was ich davon halten soll und dachte mir, das ich es trotzdem schildern möchte.

Ich hatte eigentlich noch nie Probleme mit der Dunkelheit, noch sind mir bis zu diesem Zeitpunkt gruselige Dinge passiert oder andere außergewöhnliche Vorkommnisse aufgefallen.

Also, wie gesagt, als ich ca. 15 Jahre alt war, bin ich abends wie ungefähr jede Nacht so gegen 10 ins Bett gegangen. Mein Bett steht genau unter der Dachschräge, direkt darüber ein großes schräges Fenster. Die Rollläden sind eigentlich immer ganz oben, sodass es immer relativ hell in meinem Zimmer war. Ich habe ca. ein Jahr zuvor Laminat Boden mit Papa verlegt, vorher hatte ich immer Teppichboden.

Ich hab meinen Fernseher ausgemacht, mich ins Bett gelegt und wollte schlafen. Ich weiß noch dass ich hellwach war. Als ich ca. 5 Minuten im Bett lag hab ich mich auf die linke Seite gedreht und mir die Decke bis zum Hals hochgezogen. Wie gesagt, ich war hellwach. Das Zimmer war auch relativ hell, durch die Laternen und den Mond konnte ich alles deutlich erkennen.

Zuerst dachte ich, ich bilde mir das nur ein und habe die Decke ein bisschen nach unten weil sie über meinem Ohr lag, aber ich hab es wieder gehört. Ein ganz leises kratzen, als würde irgendetwas über meinen Laminatboden kriechen. Ich habe mittlerweile einen Hund, aber zu dem Zeitpunkt hatten wir weder Haustiere noch war irgendjemand anders im Zimmer. Meine Tür war geschlossen. Ich hab's mit der Angst zu tun bekommen und lag Minuten lang regungslos da. Ich habe gehört, wie sich das Geräusch von links nach rechts bewegt, zuerst hörte es sich an als würde es langsam verschwinden, aber auf einmal ist es wieder lauter geworden, ich habe gehört, dass es direkt hinter mir sein muss.

Ich hab meinen ganzen Mut zusammen genommen und mich von jetzt auf gleich aufrecht ins Bett gesetzt und nach rechts geschaut. Ich weiß nicht genau, was es war, aber da war etwas. Ich habe "ihr" (hört sich das bescheuert an) einen Bruchteil einer Sekunde in die Augen geschaut, und dann ist sie unter meinem Bett verschwunden. Ich habe gesehen, dass es ein langes weißes Hemd oder so was in der Art trägt. Es war auf allen vieren direkt neben meinem Bett, es sah total verkrampft aus, ich weiß auch nicht...

Ich hab geschrieen wie am Spieß, bis meine Mama ins Zimmer gesprungen kam. Sie hat unterm Bett nachgeschaut und natürlich war da gar nichts.

Ich weiß nicht was ich von der ganzen Sache halten soll, ich bin mittlerweile 20 Jahre alt und mich beschäftigt die Situation heute noch oft.

Meine Mutter hat mir immer eingeredet, dass ich geträumt hab. Ich weiß aber das ich wach war, ich lag Minuten lang da und habe gehört wie sich das Ding von der einen in die andere Ecke bewegt hat. Ich bin 3 oder 4 Minuten vorher zu Bett gegangen und ich brauche meist Stunden (kein Witz) bis ich mal zur Ruhe komme und einschlafe.

Das unheimliche Bild vom Opa

Ich bin nach 11 Jahren wieder in mein Elternhaus zurückgezogen, vor etwa 3 Jahren. Seit dem passieren häufig Unfälle, Krankheiten und irgendwie geht es immer mehr Berg ab... - okay es ist vielleicht noch nicht so ungewöhnlich. Meine Eltern wohnen ebenfalls in dem Haus und auch ihnen passieren seit ihrem Einzug immer wieder kuriose Dinge ... Krankheiten, finanzielle Verluste...

In einem Gespräch mit meinem Bruder viel uns auf, dass es allen uns bekannten, Vorbesitzern (Urgroßvater, Großvater und Onkel) ebenso erging. Sie verloren Firmen, finanzielle Schwierigkeiten, Krankheiten, Unfälle...

In diesem Gespräch wurde uns auch bewusst, dass wir häufig dasselbe Empfinden haben. In einer Stelle des Hauses, in meinem Wohnzimmer zum Kinderzimmer hingehend, hat man häufig das Gefühl die Tür bewege sich, oder man höre Schritte in der Nacht, wenn man nach sieht, ist da nichts. (Dazu sei gesagt, dass ich in der

Wohnung wohne, wo meine Eltern früher wohnten). Auch meine Tochter, die in dem Zimmer schläft, wacht häufig Nachts auf, erzählt von Geräuschen (die sie nicht weiter erklären kann) wenn sie in meinem Zimmer schläft ist das nicht der Fall... auch wenn ich nicht bei ihr schlafe...

Ich habe in meinem Wohnzimmerschrank einige Bilder stehen und immer kippt das selbe um (meine verstorbene Oma) ich habe einen neuen Rahmen gekauft und das Foto umgestellt.... gestern habe ich es, nachdem es wieder fiel, an die Wand gehängt, heute fiel es runter. selbiges habe ich mit dem Bild meines Opas auch gehabt, bis ich es wegnahm.

Ich würde so gerne sagen, dass ist eben einfach so, aber es ist mir zu viel ... Zu viele Parallelen, immer wieder die Leute die im Haus wohnen, ergeht das selbe Schicksal ... immer wieder das selbe Bild (ich habe daneben auch viele andere Bilder stehen, es ist immer nur das eine)...

Der Geist meiner Schwester

Also, es fing bei meiner Geburt an. Ich hatte eine Zwillingsschwester. Bis auf die Tatsache, dass sie eine andere Augenfarbe hatte, glichen wir uns wie ein Ei dem anderen. Nun kam es leider, dass wir zwei Monate zu früh geboren sind und wir schon im Mutterleib sehr kränklich waren. Wir hatten eine bestimmte Krankheit, sodass ich mich durch sie ernährte. Ich nahm ihr also quasi die Kraft, um überleben zu können. Doch irgendwie aus einem schleierhaften Grund überlebte sie die Geburt. Alles schien bestens und wir entwickelten uns gut. Bis sie wenige Tage vor unserem ersten Geburtstag verstarb.

Meine Eltern haben mir das nie verheimlicht. Ich bin also mit dem Wissen aufgewachsen, ein einzelner Zwilling zu sein. Ich war ein ziemlicher Einzelgänger im Kindesalter und meine Mutter erzählte mir, dass ich mit 6 Jahren begann, mit meiner Zwillingsschwester zu reden. Sie dachte, dass es nur ein ausgedachter Freund war, so wie sie ihn viele Kinder in meinem Alter hatten.

Doch dann begannen paranormale Dinge in meiner Gegenwart zu passieren. Mal zersprangen Gläser, oder Schranktüren gingen ohne einen Grund einfach auf .Dinge solcher Art halt. Allerdings verschwand das alles mit dem Alter. Ich wand mich von dem "Geist" meiner Schwester ab und fand richtige Freunde in der Schule und auch auf der weiterführenden Schule war ich ziemlich beliebt. Doch jetzt, beginnt es wieder. Die anderen meinen immer, wenn ich in ihrer Gegenwart bin spüren sie eine Art Kälte und manchmal hören sie oder ich ein Flüstern. Nicht lange und nur ein Hauch ....

Ich denke, das ist der Geist meiner Schwester, der mich immer noch verfolgt.

Der unheimliche Teddybär

Heute früh ist mir folgendes widerfahren. Zunächst fiel heute Nacht ein Bild von der Wand. Das ist nicht so unüblich, da es nicht besonders gut befestigt war. Nur mit diesen Klebedingern, die lösen sich schon mal...
Doch morgens im Bad, machte es einen leisen dumpfen Knall als wäre eine Sicherung durchgebrannt. Ich sah mich kurz um und dachte mir, wird schon nichts gewesen sein. Nebenbei lief das Radio und das Geräusch ging so nebenbei mit. Dann plötzlich fühlte es sich kurz so an als wäre noch jemand neben mir. Es war ein elektrisierendes Gefühl.

Sich nicht weiter damit beschäftigend, ging ich in meinen begehbaren Schrank, summte noch das Lied im Radio mit, als sich noch ein weiteres Lied dazugesellte. Ich dachte noch, ach was für ein Mist, das die das im Radio so abspielen. Ich trat 3 Schritte aus dem Schrank und da registrierte ich, dass dieses 2. Lied von einem Spielzeugteddy meiner Tochter kam.

Der Teddy sitzt schon seit 4 Wochen an ein und derselben Stelle und wurde nicht bewegt. Es ist ein weißer kleiner Eisbär mit Batterien, der wenn man auf einen Sensor an seiner Pfote fest! drückt, das Lied "My Girl" zu singen beginnt und sich dabei bewegt. Meine kleine Tochter war während das geschah im Untergeschoss im Wohnzimmer.

Ich ging ins Zimmer, sah den Teddy dort singen. Ich musste sogar kurz lachen, ich fand das zwar sehr befremdlich hatte aber absolut kein Gefühl von Unbehagen.

Einige Minuten später ging ich hinunter ins Wohnzimmer und erzählte meiner kleinen Tochter den Vorfall belustigt. kaum hatte ich die Worte ausgesprochen, fiel eine neben einem Wandspiegel befestigte Leiste laut knallend auf den Fußboden. Auch diese Leiste fiel schon des Öfteren hinunter. Aber in der Summe der Ereignisse fand ich das heute dann doch irgendwie strange.
Kann das Alles nur Zufall gewesen sein?

Erschreckende Erlebnisse im Krankenhaus

Zurzeit lebe ich in Australien und ich muss sagen, ich habe noch nie so viele Geister Erfahrungen gehabt, wie hier in diesem Land.

Das Unternehmen in dem ich arbeite, wird von einem Geist heimgesucht. Einst habe ich unten seine Fußschritte gehört, obwohl meine ganzen Kollegen oben waren. Einmal habe ich ihn direkt neben mir lachen gehört, nachdem ich irgendetwas (was er anscheinend sehr amüsant fand) angestellt habe. Und als ich einmal mit meiner Tante das Unternehmen abschließen wollte, (wir waren alleine), haben wir unten jemanden singen gehört. Auch hat meine Cousine hier im Unternehmen seine Umrisse gesehen. Sie sah eine Gestalt, die sich über ihre ausgedruckten Arbeiten beugte. Beim nächsten Wimpernschlag war die Gestalt weg.

Besonders interessante Erfahrungen sammelte ich in der Quarantäne Station. Hier sind sehr viele Geister, die diesen Platz heimsuchen, was man ihnen (nach den ganzen Geschichten, die wir gehört haben) nicht übel nehmen kann.

Wir wurden in 2 Räumen eingeschlossen, indem sich in

einer der 2, ein Geist befinden sollte. Leider hatten wir paar Spaßvögel in der Gruppe, die die Sache nicht ernst nahmen. Nur manche haben dieselben Symptome gespürt, die der Geist damals hatte. Und ich...nachdem sich meine Augen an die Dunkelheit gewöhnten, konnte ich sehen wo wer steht.

Vor mir war rein niemand. Plötzlich sah ich zwei Schritte von mir entfernt (ich schaut in dem Moment auf den Boden) 2 Beine. Ich weiß noch, dass die Schuhe rund und gebraucht aussahen und die Hose sah aus, als stamme sie aus dem frühen 19. Jahrhundert. Mit dem nächsten Augenschlag war diese Person (oder eher gesagt, deren Beine) weg.

Eine weitere Erfahrung habe ich im Haus der Gravedigger gehabt. Wir durften in deren Haus hineingehen. Ich wollte ins Schlafzimmer gehen, aber irgendetwas hielt mich davon ab, es war wie eine unsichtbare dunkle Wand, die sich plötzlich vor mir aufbaute, genau dasselbe hatte ich im Bad.

Nachher erfuhren wir von unserem Tourguide, dass die Räume, wo manche so etwas wie eine Wand spürten/ oder wo es sehr dunkel war, genau die Stellen sind, wo sich der Geist am meisten aufhält. Uns wurde auch berichtet, weshalb dieser Geist so eine Dunkelheit ausstrahlte. Kurz gefasst, er war keine freundliche Person.

Das merkwürdigste, was mir auf dieser Tour passiert ist, war in der Leichenhütte. Kaum betrat ich den Raum, spürte ich, wie eine Hand meinen Kopf tätschelte. Eine andere Frau habe auch ähnliches gespürt. Der Geist der dort im Gebäude hauste, hatte besonders Gefallen an Frauen gefunden und liebte es, ihre Leichen zu untersuchen. Dass er die eine Frau und mich getätschelt hat, bedeutete, dass er uns hübsch fand. Wir sollten es also ein Kompliment ansehen.

Das letzte Gebäude, das wir besuchten, waren die Duschräume, wo die Menschen mit einer Art Säure gewaschen wurden. Es sollte dabei helfen, die Krankheiten die sich auf der Haut niedergelassen haben zu entfernen. Das Einzige, was dabei entfernt wurde, war aber die 1. und 2. Hautschicht. Ich habe nur einen Schritt ins Gebäude gemacht, als ich einen unangenehmen Druck auf der Brust hatte. Ich ging noch ein paar Schritte weiter, aber dann konnte ich nicht mehr, da dieser Druck immer stärker wurde. Ein Paar andere Leute aus meiner Gruppe haben ähnliches erlebt, oder weiter im Innenraum dunkle Gestalten gesehen.

Das waren meine Erfahrungen in Australien.

Die bedrohliche Tür

Also, ich habe das Problem, das es in meiner Wohnung sehr gruselig zugeht, vor allem abends. Ich wohne jetzt seit 3 Monaten in dieser Mietwohnung, allein mit meiner Katze. Es war am Anfang recht angenehm dort zu wohnen, nette Nachbarn und ein schöner Ausblick aus dem fünften Stock, oberstes Stockwerk in diesem Gebäude.

Schön geräumige 55 Quadratmeter Wohnung, mehr als genug platzt für eine Person. Aber dann nach Ungefähr einem Monat, wo es anfing, kälter zu werden, begann es unheimlich zu werden.
Es war eigentlich ein Normaler Tag, aber als ich abends dann mit meiner Katze mich auf dem Sofa ausruhte, fing sie auf einmal an in eine ganz gewisse Richtung zu gucken. Anfangs fiel es mir überhaupt nicht auf, das sie immer in die selbe ecke starte, dann jedoch wurde es auf einmal sehr kalt im Raum, obwohl die Heizung voll aufgedreht war, und alle Fenster zu waren. Sie guckte immer auf eine Stelle im Flur, die man vom Wohnzimmer aus sehen konnte Aber nicht auf denn Boden wie sonnst. Ihr Blick war derselbe wie bei besuch er war nach oben gerichtet.

Das war ja nicht so ungewöhnlich, dacht ich mir (wer weis denn schon was im Kopf einer Katze so vorgeht), aber das änderte sich, als sie auf einmal anfing, wie verrückt geworden weg zu rennen. Dabei ließ sie einen Schrei los, der mir bis heute nicht aus dem Kopf geht, es

war richtig unheimlich, es war ein Schrei voller Angst.
Na ja zumindest Kamm es mir so vor .

Dann passierte etwas sehr Merkwürdiges. Nachts mach ich die meisten Türen innerhalb meiner Wohnung zu, Bad, Küche, Toilette. (die Küchentür klemmt allerdings meisten sehr stark beim Schließen und noch mehr beim wider Öffnen).

Als ich dann Schlafen gegangen bin, passierte etwas was mich zu Tode erschreckt hat, die Küchen Tür die ich durch denn Flur sehen kann wenn ich im Bett liege, fliegt kurz bevor ich die Augen schlissen kann mit einer Wucht auf, das es sogar ein kleines Loch im Putz hinterließ. Und es muss ja unbedingt die Tür sein die so Stark klemmt. Katze gerade neben mir im Bett , keine andere Person da, kein Durchzug in der Wohnung wie geht so was ?

Das war es aber noch nicht ganz, Seitdem ist das noch vier Mal passiert und das obwohl ich die Tür sogar einmal abgeschlossen habe.
meine Katze ist abends auch irgendwie komisch drauf, seit dem Abend, sie scheint ständig vor etwas zu flüchten und ist total verängstigt. Freunde von mir meinen das ist nur Zufall.

Es ist aber noch was vorgefallen. Abend Höre ich seit Neuem Getrampel, aber es kommt nicht von unten sondern oben. Das kann doch gar nicht sein da dürfte doch niemand leben, auf dem Dach.

Zumindest kann ich mir das Ganze nicht erklären.

Zeichen des verstorbenen Vaters

Mein Vater ist letztes Jahr kurz vor Weihnachten ganz plötzlich verstorben, seitdem hat sich unser Leben total verändert. Gerade meine Mama leidet sehr darunter, da sie dieses Jahr ihren 50 Hochzeitstag gehabt hätten. Unsere Familie hat einen sehr starken Zusammenhalt und so konnten wir bis jetzt alles ganz gut verarbeiten. Aber es geschehen seitdem immer wieder merkwürdige Dinge.

Jetzt davon abgesehen, das wir immer wieder intensive Träume haben, aber meine Mama rief mich vor einiger Zeit an und erzählte mir, das sie einen ganz eigenartigen Traum hatte und das Papa vor ihr stand und sie zu sich holen wollte, er sie an die Hand nahm und sagte " komm zu mir " . Dann wurde sie auf einmal wach weil sie etwas spürte und es ging ihr gar nicht gut, sie nahm ihr Asthmaspray und kurz danach ging es ihr besser.

Und jetzt vor ein paar Tagen erzählte sie mir, dass sie wieder geträumt hätte und auf einmal wach wurde weil es eiskalt war, obwohl sie sogar mit dem Kopf noch unter der Decke lag. Sie fror und das Zimmer war kalt.

Diese Kälte habe ich auch schon verspürt, als ich vor kurzen im Wohnzimmer lag, ich war am Fernsehen schauen und lag zugedeckt auf der Couch, und ein anderes Mal bewegte sich meine Tischdecke vom

Esstisch, obwohl keiner durchs Zimmer ging oder ein Fenster offen war.

Ich denke, das sind Zeichen meines Vaters.

Begegnung mit der Uroma

Vor etwa 11-12 Jahren (ich bin heute 21) hatte ich einen sehr merkwürdigen Traum, der mir heute noch in Bild und Ton sehr präsent ist. Ich lief damals einen Sandweg auf eine Anhöhe hinauf, rechts und links waren Gebüsch, Gestrüpp, etc. Auf der Anhöhe angekommen, blicke ich auf eine Wohnsiedlung von 3 Häusern, welche schlichtweg hölzerne (altes, dunkles, unebenes Holz), komplett verschlossene, ohne Öffnung oder Deckel versehene Kisten waren. Einzig das mittlere "Haus", tendenziell eher Wohnstube, war in der Front offen, wie ein Schuhkarton ohne Deckel, den man auf die Seite stellt (ich hoffe ihr wisst, was ich meine). Ich gehe zu dieser Stube, welche wie folgt aussieht:

Altmodisch, im Stil im das frühe 20 Jahrhundert, alles hölzern und verkommen, in der Mitte ein Tisch mit zwei Stühlen, hinter dem Tisch eine altmodische Wanduhr mit römischen Ziffern.

Sobald ich diese Stube betrete, sehe ich vor mir eine alte Frau in einem schwarzen Kleid, die Schürze weiß, beides bodenlang. Sie lächelt freundlich und wir setzen uns hin, während ich mich unruhig fühle, lächelt sie freundlich und einladend- bleibt aber still.

Auf einmal fängt die Uhr hinter uns an zu ticken, läuft aber rückwärts. Ich bekomme Panik, stehe auf und fasse die Frau an der Hand und versuche sie rauszuzerren. Dabei blickt sie mich immer noch ruhig an, schüttelt den Kopf und sagt "Ich kann nicht mit" (so was in dem Stil). Ich schaffe es trotzdem sie rauszuzerren und draußen stehe ich wieder alleine da, die Uhr ist still und von dem Moment an, in dem ich das Haus verlassen hatte, war die Frau verschwunden.

Der Traum ließ mir damals als Kind keine Ruhe, besonders die tickende Uhr empfand ich als besonders wichtig. Ich habe mir damals Bücher über die Traumdeutung angeschafft, kenne also die gängigen Deutungen, aber sie sind falsch, zumindest habe ich bis heute das Gefühl, nicht objektiv hinter den Sinn des Traums zu kommen.

Ich habe damals auch unsere alten Familienalben durchschaut, weil mir die Frau sehr vertraut vorkam: Es war meine Uroma Anna, die in den 60er Jahren an Krebs verstorben ist. Meine Mutter kannte sie selber kaum, da sie in der ehemaligen DDR lebte. Ich hatte zu keinem Zeitpunkt Angst, auch nicht als ich erkannte, dass es meine Uroma war. Vielmehr war es wie, als wenn verschütt gegangenes Wissen wieder nach außen gekehrt wurde.

Und bevor es gefragt wird: Nein, ich habe mir die Fotoalben, die meine Familie besaß, nie zuvor angesehen gehabt als Kind. Das weiß ich heute noch, und da nur 2 Bilder von Anna existieren, konnte ich auch in keinem anderen Album ihr Gesicht finden.

Die merkwürdige Musik

Es geht um folgendes, ich bin seit 4 Monaten mit meiner Freundin zusammen und es läuft alles gut, doch vor ca. einen halben Monat hab ich angefangen, mir Gedanken zu machen, was mein Verstorbener Großvater, der vor ca. 4 Jahren verstorben ist, von Ihr halten würde. Ich sollte vielleicht dazu sagen, dass mein Großvater für mich wichtiger war, als meine Eltern und auch mehr Einfluss auf mich hatte.

Von meiner damaligen Freundin, die ich hatte als er noch lebte, war er wenig begeistert, und ich um ehrlich zu sein auch nicht wirklich, ich war mit Ihr zusammen weil ich mit Ihr zusammen sein konnte nicht weil ich sie liebte. Doch bei meiner jetzigen Freundin ist es so, dass ich erst einmal mehr als ein halbes Jahr um sie kämpfen musste, da sie von Ihrem Ex derbe verarscht wurde und Angst hatte, ihre Gefühle zuzulassen.

Jedenfalls hab ich vor ca. 2 Wochen angefangen mir Gedanken zu machen, was mein Großvater von Ihr halten würde, das war so weit ich mich erinnern kann, das erste mal im Oktober. Und ab da kamen dann immer wieder bestimmte "Zeichen". Es hat damit angefangen, das ich am (nachts) von meiner Freundin nach hause gelaufen bin, und mich verfolgt fühlte, obwohl niemand hinter mir war, es war aber nicht unangenehm oder beängstigend, sondern eher beruhigend. Als ich dann zuhause war, hab ich mit Ihr noch ein wenig in Facebook geschrieben und Musik gehört.

Als ich FB an gemacht habe, hab ich erstmal überraschend Nachricht von einer nicht ganz so bekannten Band bekommen, die ich vor fast 3 Monaten wegen Noten für ein Lied angeschrieben habe, da ich dieses für meine Freundin auf Gitarre spielen wollte, ich hatte nicht mehr mit einer Antwort gerechnet, aber dann war sie da, die Lösung, war total simpel und eigentlich hätte ich selber drauf kommen können, aber dann hätte ich die Band nicht angeschrieben und auch keine Antwort bekommen, Zufall?

Dann ging es weiter, mein Musik Programm hat total rumgezickt, normalerweise höre ich Metal, Rock und Punk, doch plötzlich stoppt die Musik und es wird ein Liebeslied gespielt, Zufall? Dann überwinde ich mich und Rede mit meiner Freundin darüber, das ich sie gerne meinem Großvater vorgestellt hätte und da spinnt das Programm wieder und es läuft ein Lied, in dem es darum ging, das die Narben dir sagen, das die Vergangenheit wahr ist, dazu muss ich sagen, das ich nach dem Tod meines Großvaters in ein ziemliches Loch fiel (was vielleicht auch daran lag, das meine zwei anderen Großeltern, zu denen ich keine so enge Bindung hatte, eine Woche davor verstarben) danach hatte ich mir 3

Brandnarben selbst zugefügt. Dann ging ich ins Bett, immer noch mit dem Gefühl, das jemand bei mir wäre.

Und seit dem gibt es immer wieder solche "Zeichen" das Sie die Richtige ist, ich selbst hab es schon vorher gefühlt, doch seit dem ich mir Gedanken machte was mein Großvater von Ihr halten würde, gibt es eben immer wieder solche Zeichen, als ob er mir Sagen wollte was er von Ihr halten würde. Kann es sein das mein Großvater mir aus dem Jenseits, oder von sonst wo eine Bestätigung oder seine Meinung mitteilen will? Entscheide Du.

Der Geist des Müllers

Ich bin vor 11 Jahren zusammen mit meiner Ex-Frau und ihren Kindern in eine Wohnung gezogen, die mal früher eine Mühle war. Sie ist ca.500 Jahre alt, aber innen und außen rekonstruiert gewesen.

Der Altbau wies eine Deckenhöhe von 3,60 m auf und in den ersten Wochen bemerkte ich nichts Ungewöhnliches. Nach einiger Zeit hatte ich das Gefühl, beobachtet zu werden. Keine Ahnung wie genau ich das beschreiben soll, vielleicht kam es nur so rüber durch die hohen Räume.

Die Wohnung:Boden Parkett und Dielen. Flur 8m lang und zuletzt hatte ich gerade da das Gefühl beobachtet zu werden sowie im Schlafzimmer.
Zu der Zeit wohnten wir alleine in dem Haus...3 Parteien gibt es Unten, Mitte und Oben.
Nachmieter zogen erst gegen Ende unseres Auszugs ein.

Zu den Erscheinungen:

Eines Tages platzten beim einschalten in der Küche wie im Wohnzimmer die Glühbirnen an der Decke.
So was kann passieren durch Überspannung. Aber 3 mal?
Danach in anderen Wohnungen nie wieder.

In der Nacht Trittgeräusche aus dem Flur sowie Schleifgeräusche über uns....als wenn jemand stückweise etwas wegzieht. Zudem kamen dann noch Kratzgeräusche aus Wänden...was evtl. von Mäusen kommen könnte.

Das heftigste Erlebnis war in der Küche...alle 4 am Abendessen, da fliegen von oben von der Küchenzeile etwas rechts an mir vorbei, vielleicht 50-60cm neben mir und hinter mir in die Wand. Es war ein Flattergeräusch, wie von einer Stofftüte und milchig durchsichtig...es war etwas zu schnell so dass ich nicht hinterher gucken konnte.

Ich dachte erst, eine Tüte ist vom Wind runter geflogen, aber da lag nichts...in dem Moment fühlt man sich ein bisschen bekloppt, aber es haben mich auch die anderen mit erschrockenen Augen angesehen und gefragt...was war das? Der Sohn sagte, es sei in die Wand rein geflogen.
Aus dem Augenwinkel vielleicht einen Meter groß und wie gesagt ein Flattergeräusch wie eine Fahne im Wind.

An diesem Abend habe ich kein Auge zugemacht das könnt ihr mir glauben! Und ich bin ein Kerl...in den weiteren Wochen verstärkten sich auch immer diese

Schleif und Trittgeräusche bis ins Schlafzimmer hab mir fast eingesch...!
Als zuletzt Nachbarn einzogen haben wir es denen erzählt...natürlich wird man da unglaubwürdig mit großen Augen angesehen. Wir kündigten daraufhin die Wohnung...man fühlte sich zuletzt immer mehr beobachtet, jeder Schritt durch den Flur wirkte beängstigend.

Später nach 2 Jahren erfuhr ich dass sich der verschuldete Müller vor langer Zeit irgendwas angetan hatte. Na ja kann damit zusammenhängen, muss aber nicht.

Diese Erlebnisse werde ich nie vergessen und glaube fast allen die auch solch ungeheure Erlebnisse zu berichten haben.

Seltsame Befehle

Also folgendes ist meiner Freundin und mir vor 5 Jahren passiert. Wir hatten anfangs eine durch mich verursachte schwere Zeit in unserer Beziehung. Wir trennten uns nach ca. 3 oder 4 Monaten wieder und hatten in dieser Zeit eigentlich keinen Kontakt. Sie war wieder Single und ich zurück zu meiner Ex Frau.

Eines Tages bin ich dann im Frühsommer mit dem Roller zur Arbeit gefahren und als Feierabend war bin ich dann durchs Dorf zurück nach Hause. Am Straßenrand stand dann meine jetzige Freundin und ich hab natürlich angehalten. Anfangs hatte ich meinen Helm noch aufgelassen weil ich ja eigentlich weiter wollte, aber wir quatschten immer weiter und dann war der Helm auch runter.

Nach einiger Zeit kam ein Mann auf uns zu und sagte zu mir: "Nun nimm sie doch endlich in den Arm"
Das hab ich seltsamerweise sofort gemacht, wie als wenn ich einen Befehl ausführen müsste. Nach 5 Sekunden wollten wir dem Mann verwundert hinterher sehen aber

da war niemand mehr.

Die Strasse, eher eine Gasse, ist absolut gerade und hatte auf eine Strecke von sicher 80 m keine Möglichkeit irgendwo einzubiegen. Das Seltsame ist, auch noch das ich eigentlich immer eine andere Strecke gefahren bin und sie sich in der Zeit vertan hat mit einem Arzttermin, sie war eine Stunde zu früh unterwegs und eigentlich um diese Uhrzeit auch nicht dorthin gehörte.

Ich kann den Mann eigentlich gar nicht beschreiben außer das er wenn ich es mal so formuliere für uns ein "Urvertrauen" ausstrahlte.
Wir erinnern uns mit Wohlwollen gern zurück an diese Situation.

Am selben Abend als zwei Personen da

Ich bin ein 20jähriger Typ, der in seiner Ausbildung steckt und ich bin ein eher realistisch denkender Mensch, obwohl es bei mir dazu gehört, dass Geister/ Seelen (wie auch immer man es nennen will) genau so real sind, wie Tische, Bäume, Autos, oder was auch immer.

Leider muss ich euch mitteilen, dass ich unglücklich verliebt bin, sozusagen. Ich bin in eine Dame verliebt, die für mich unerreichbar ist (wir wollen uns nichts vormachen! Es bestehen immer noch verschiedene "Klassen" in unserer Gesellschaft), jedoch habe ich mich damals mit ihr getroffen und wir hatten ein One Night Stand und sie war total lieb und süß zu mir. Alles war perfekt... nach diesem Abend war sie jedoch sauer auf mich und hat sich seit damals, (ist schon 2 Jahre her) nie wieder so richtig bei mir gemeldet. Ich glaube, dass es an mir gelegen hat, da ich damals noch etwas komisch drauf war.

Jedenfalls war dieser eine Abend etwas ganz Besonderes für mich und ich trauere ihm immer noch hinterher und hoffe so sehr, dass das Verhältnis zwischen Zeit und ihrem Ablauf nach dem Tod für unsere Seelen sozusagen überwindbar ist. So habe ich mir geschworen den Abend nach meinem Tod, sofern es möglich ist, auf jeden Fall noch mal mit zu erleben und ihn sozusagen zu "analysieren" und einfach noch mal zu erleben/ zu sehen.

Dies würde natürlich auch heißen, dass ich an dem besagten Abend nicht alleine war. Sozusagen war "ich" 2-mal da. Ich habe mir über diese Tatsache bisher eigentlich kaum Gedanken gemacht bis heute.

Und zwar habe ich ein Bild gefunden, bei dem ich mit schrecken feststellte, dass es ungefähr eine halbe Stunde vor dem Eintreffen meiner geliebten Dame entstanden ist. Ich habe einen richtigen Schock bekommen, da ich weiß, dass ich (oder die Knie von mir die auf dem Bild zu sehen sind) zu dem Zeitpunkt noch nicht wussten, welch wichtiger Moment nur Minuten vor mir lag.

Na ja des Weiteren sind mir 2 echt merkwürdige Stellen aufgefallen und zwar befindet sich unten rechts am Bildrahmen eine Gestalt. Glaubt ihr, dass das vielleicht ich gewesen sein könnte, wie ich mir den besonderen Abend nach meinem Tod erneut angesehen habe?

Na ja, das andere merkwürdige ist, dass mein Laptop Monitor komplett verschwommen ist (ich habe grade mit dem Mädchen gechattet und abgemacht wann sie kommt) und hinzuzufügen ist, dass auf der linken Seite des Bildes ein unnatürlich wirkender Lichtbogen ist... der könnte aber auch aufgrund irgendwelcher Kamera Effekte so entstanden sein.

Das unheimliche Ticken

Es ist schon lange her. Ich war so etwa 10 Jahre alt. Zwei Jahre zuvor ließen sich meine Eltern scheiden. Meine Mutter hatte wieder einen neuen Partner, der bei uns wohnte. Er war sehr nett und ein guter Freund zu mir und meinen 10 Jahre älteren Bruder. Meinen Vater vermisste ich nicht. Ganz im Gegenteil. Alle waren froh dass er weg war.

Als gewalttätiger Alkoholiker hatte er uns lange genug das Leben zur Hölle gemacht. Ich fühlte mich wohl. Dachte ich zumindest. Heute weiß ich dass ich unbemerktem Stress ausgesetzt war. Schulische Leistungen waren viel schlechter als zuvor und machten mich zu einem sehr rebellischen Kind. Dies blieb nicht ohne Folgen. Ein seltsames Phänomen stellte sich ein.

Etwas von dem ich euch nun berichten möchte.
Neben meinem Bett hing ein kleines Eckregal aus Rattan. Früher wurde es als Kästchen für das Haustelefon genutzt. Jetzt aber gehörte es mir und es standen Stofftiere darin. Das Kinder oftmals Paranormale Aktivitäten hervorrufen

können, wusste ich damals natürlich noch nicht und so geschah es, das ich eines Nachts plötzlich ein leises Ticken vernahm, das offensichtlich aus dem unteren der beiden Fächer des Regals kam. Ein Ticken, wie von einer Uhr. Aber etwas schneller. So etwa 3 Schläge pro Sekunde.

Wohlgemerkt befand sich keine Uhr darin. Ich hatte damals einen Radiowecker mit roter Digitaluhr und der stand ganz wo anders. Zwar hatte ich keine Angst, aber wusste genau, dass da etwas nicht stimmen kann. In den folgenden Nächten war dieses Ticken immer öfter zu hören und war manchmal so laut, dass es mich am Schlafen hinderte. Ich stellte schnell fest, dass dieses Geräusch auf meine Aktionen reagierte.

Wenn ich 'Pssst' sagte, oder leicht gegen das kleine Regal schlug, verstummte es augenblicklich. Begann aber dann wieder leise und wurde schrittweise wieder lauter. Eines Nachts holte ich meine Mutter ins Zimmer damit sie es selber hören konnte. Schließlich habe ich ihr schon vorher davon erzählt, aber sie glaubte mir nicht. Als wir somit gemeinsam in mein Zimmer gingen, war nichts zu hören. Sie hörte nichts und ich auch nicht. Ganz so als ob mich dieses Etwas ärgern wollte.

Meine Mutter meinte damals nur, ich habe bestimmt schlecht geträumt dann ich hatte damals oft Alpträume und schlafwandelte gelegentlich. Aber ich wusste,

dass ich nicht geschlafen hatte.

Kaum als sie das Licht losch und den Raum verließ begann es wieder. Tick-tack-tick-tack... Erst ganz leise, dann immer lauter. Mein Bruder glaubte mir aus irgendeinem Grund. Ich meine mich zu erinnern das er einmal sagt er habe dieses Geräusch auch schon mal gehört. Das ging für viele Wochen so. Meiner Mutter gegenüber sagte ich nichts mehr, denn sie glaubte mir ohnehin nicht. Eines Tages fragte mich mein Bruder, ob das Ticken noch da sei und ich bejahte seine Frage.

Bemerkte allerdings auch noch dazu das es mich nicht mehr stört denn ich hatte mich bereits daran gewöhnt. Von diesem Tag an verstummte das Geräusch für immer. Anfangs war ich ganz froh darüber, aber ich stellte schnell fest, dass es mir fehlte. Im Laufe der Zeit war ich es ja gewohnt worden und manchmal sprach ich sogar mit 'ihm'.

Abschließend muss ich anmerken das ich bis heute nicht weiß was das war. Natürlich könnte man nun sagen das Rattan eben knirscht, Spannungen im Material oder einfach ein Holzwurm im Fachboden. Jedoch kann ich das alles ausschließen. Dafür war es zu gleichmäßig.

Die mysteriöse schwarze Katze

Mein Mann und ich machen seit zwei Jahren ein paar Erfahrungen, über die wir bisher immer geschmunzelt haben, aber seit einer Woche bereitet es uns ein wenig Kopfzerbrechen.

Wir sind vor zwei Jahren zusammen gezogen. Kurz nach dem Einzug in diese Wohnung fing es bei uns beiden an, dass wir oft aus dem Augenwinkel eine schwarze Katze in der Wohnung laufen sehen. Es geschah uns mal getrennt voneinander und mal gleichzeitig. Es geschah bzw. geschieht auch zu den verschiedensten Uhrzeiten.

In der Wohnung die wir bezogen haben, waren die Böden recht laut und haben geknarrt, wenn man drüber ging. Mein Mann hat aus erster Ehe eine kleine Tochter. Immer wenn sie da war und im Bett lag und schlief haben wir ganz deutlich Schritte gehört. Um es zu erklären, um ins Wohnzimmer zu gelangen musste man durch die Küche durch. Wir sahen abends beim Fernsehen, die Kleine schlief und wir hörten in der Küche Schritte. Wenn wir dann nachgesehen haben war da niemand, wenn man ins Schlafzimmer schaute, lang die Kleine immer im Bett und schnarchte, wie immer

Wir haben uns selbst schon gedacht, wir sind wohl überempfindlich, wenn sie da ist und bilden uns ein, sie zu hören, weil es ja sein kann, dass sie noch mal aufsteht. Aber es ist zum einen sehr untypisch für sie, dass sie noch mal aufsteht und zum anderen war es immer so, dass wir gerade vertieft ferngesehen haben und auch nicht besonders an sie gedacht haben und wir haben es fast immer beide gleichzeitig gehört. Wir können es uns ja schlecht beide gleichzeitig einbilden.

Das haben wir alles nicht besonders Ernst genommen. Auch als wir vor ca. 2 Monaten umgezogen sind nahmen wir es mit Humor, dass wir in der neuen Wohnung die Katze immer noch sahen. Die Schritte haben wir bisher nicht mehr gehört, jetzt ist aber auch der Boden viel leiser.

Aber ein bisschen anders wurde mir, als wir vor einer Woche unsere Einweihungsfeier veranstaltet haben. Wir saßen alle im Wohnzimmer mit Blick auf die Balkontür. Meine kleine Schwester, der ich davon nie erzählt habe, weil sie sehr ängstlich ist, was so was angeht, hat gebannt auf den Balkon geschaut. Als meine Mama nachgefragt hat was denn los sei, meinte sie sie, war verwirrt, weil sie meinte, sie hätte eine dicke schwarze Katze auf dem Balkon sitzen sehen.

Da kommen wir jetzt schon ins Grübeln wenn nicht nur wir sie ab und zu sehen sondern jetzt auch meine Schwester.

Erklären können wir uns das Ganze leider nicht.

Ein Dämon?

Ich hab mir lang überlegt, ob ich darüber schreiben soll, aber da es sich in letzter Zeit wieder intensiviert, habe ich mich dafür entschieden. Es scheint, als wäre irgendetwas noch in unserem Haus, das nicht hergehört. Das geht seit ein paar Jahren so, wann genau es angefangen hat, kann ich leider nicht mehr sagen. Die Ereignisse beschränken sich meistens auf Schritte, als würde jemand durch den Flur laufen, oder Dinge verschwinden, die man vor ein paar Minuten auf den Tisch gelegt hat und sie tauchen Tage oder Wochen später an den unmöglichsten Orten wieder auf.

Letzteres würde ich liebend gerne auf unsere Hunde schieben - allerdings geschieht das meistens im Dachgeschoss (wo meine Schwester und ich wohnen) und dort sind keine Tiere. Die Schritte hört man oft gegen Abend und in der Nacht - wenn sonst keiner Zuhause ist, allerdings auch tagsüber.

Erst dachte ich, das ist einfach meine Einbildung, als meine Schwester allerdings anfing, von Schritten zu sprechen und begann ihre Zimmertür nachts zu verbarrikadieren und auch meine Großmutter sagte, es klang als würde "oben" (1.OG - wo meine Eltern wohnen) jemand die Stühle verschieben und Schränke auseinander nehmen, war mir irgendwie klar, dass das nicht nur meine Einbildung sein kann.

Wir hörten das auch schon alle zur gleichen Zeit, wir essen meist bei meiner Großmutter und da hörten wir einmal einen lautes Geräusch - es klang, als wäre über uns der Wäscheständer zusammengefallen - also sind meine Mutter und ich hoch und haben nachgeschaut - nichts. Der Wäscheständer stand auch normal da. Was mich auch stutzig macht, ist das unsere Hunde von Zeit zu Zeit etwas zu beobachten scheinen, das nicht da ist. Manchmal bellen sie es auch an, was immer sie da sehen mögen. Es kommt auch oft vor, das ein 'Luftzug' Dinge bewegt, z.B. Dekor-Schnüre die an meinem alten Käfig hängen, allerdings ist das weder in direkter Linie zum Fenster aufgehängt, noch wehen die Dinge genau dahinter, es ist eher, als würde man es anatmen.

Auch gibt es im Dachgeschoss, zwischen meinem Wohn- und Schlafzimmer, einen Schrank, dessen Tür immer aufgegangen ist. Jedes Mal wenn meine Mutter oder ich vorbeigelaufen sind, haben wir sie wieder zugemacht. Und normalerweise sollte sie dann auch zu bleiben, da sie fest einrastet. Aber immer wieder stand sie plötzlich offen. Seit ein paar Tagen nun bleibt sie zu. Jedoch beunruhigt mich seitdem die kleine Tür (Abstellkammer für Koffer), die sich in meinem Zimmer befindet. Momentan genau hinter mir. Ich hatte nie ein großartiges Problem mit dieser Tür - ich fand sie zwar schon immer unheimlich - aber seitdem die Schranktür sich wie eine normale Schranktür verhält, hab ich das Gefühl dass genau diese Tür jeden Moment aufspringen könnte.

Die Dinge die mir am meisten Schreck eingejagt haben, waren allerdings folgende; vor 1 1/2 Jahren vernahm ich morgens ein Klopfen mit Fingernägeln an meine Tür, klar, ok, achte ich - ist meine Mutter die mich wecken will. Also geantwortet mit "Ja? Ich bin wach...so halb!" - keine Antwort. Keine Schritte. Keine Tür die auf oder zugeht. Okay... vielleicht war sie auch schon wieder unten. Gut. Dann fragte ich sie also ein paar Stunden später was sie wollte, als sie im Dach war, die Antwort war ein wenig erschreckend - sie war an dem Tag noch nicht im Dachgeschoss gewesen, da sie arbeiten war. Außer meiner Mutter und mir war zu dem Zeitpun,kt allerdings keiner im Haus.

Ein anderes Mal, als ich schlafen ging und das Licht gerade ausgemacht hatte, drehte ich mich noch einmal um, um nach meinem Handy zu tasten, da ich vergessen hatte, den Wecker zu stellen. Ich taste also und habe etwas in der Hand ... danach konnte ich stundenlang nicht einschlafen - was ich da berührt hatte, fühlte sich an wie eine andere Hand. Licht schnell an, umgeschaut, total Panik. ...nichts zu sehen. Licht angelassen, paar Stunden gewartet und irgendwann doch noch eingeschlafen. Ich hatte auch nichts in Reichweite liegen, das sich auch nur im Entferntesten wie eine Hand anfühlen könnte.

Dann noch das letzte was ich auch nicht sehr...amüsant fand - ich saß abends noch an meinem PC und habe an einer Präsentation gearbeitet. Word war offen, sonst nichts. Dann hörte ich plötzlich etwas. Eine Stimme. Sehr

leise, ich konnte nichts verstehen. Panik. Tief Luft geholt.
Erstmal geschaut ob ich nicht doch versehentlich ein
Musikprogramm geöffnet hatte. Nein. Hm. Handy war es
auch nicht. Verdammt. Ich hatte zuviel Angst um
nachzufragen was es gesagt hatte, ich bin dann einfach
schlafen gegangen und habe versucht, nicht weiter
darüber nachzudenken.

Was ich nicht hoffe, aber ziemlich nahe zu liegen scheint
ist, dass es wohl an mir liegt. Diese Dinge passieren
meist nur mir oder wenn ich in der Nähe bin. Auch im
Urlaub in Dänemark wurden wir nicht verschont. Vater
und Bruder im Schwimmbad. Ich schaue TV, meine
Mutter strickt neben mir. Klirr! Etwas ist auf Fliesen
gefallen. Wir sind durch das komplette Häuschen
gelaufen, auch wenn nur in der Küche und im Bad
Fliesen sind. Nichts lag auf dem Boden, wir haben
definitiv beide das Geräusch gehört. Fenster waren auch
alle noch zu.

Oder letzte Woche - wunderschön. Tolle Zeit. Besuch
gehabt von einer Freundin - wahrscheinlich zum letzten
Mal. Sie hatte am Ende der Woche so Angst, dass sie
sich nicht mehr alleine von meinem Zimmer ins Bad
getraut hat - und das liegt gegenüber.

Ständig sind und Dinge regelrecht entgegen geflogen,
oder der Inhalt ihrer Tasche lag verstreut. Nicht zu
schweigen von dem hämmern, an die Wände und die
vermehrt aufgetretenen Schritte über den Flur. Na ja.
Mein "Mitbewohner" mochte sie wohl nicht - seit sie weg
ist, ist es wieder "normal" - also es hat nicht aufgehört, es
ist nur wieder wie vor ihrem Besuch. Mitbewohnerchen

hat wohl sein Ziel erreicht und sie aus dem Haus gescheucht oder was auch immer diese Aggression ihr gegenüber heißen sollte.

Da mich das schon über ein paar Jahre plagt, hatte ich auch schon ein paar Gespräche mit meiner Familie und ein/zwei Bekannten. Das Haus wurde von meiner Familie gebaut, vorher haben meine Großeltern und davor meine Urgroßeltern auf diesem Grundstück gelebt und es ist hier noch kein Mensch umgekommen. Auch kann sich keiner entsinnen, einmal etwas beschworen, oder eingeladen zu haben - allerdings erzählte mir meine Mutter, ihre Großmutter habe früher Tarot gelegt, bis sie etwas Schreckliches gesehen hat, woraufhin sie ihre Karten verbrannte. Schien aber nicht damit zusammenzuhängen. Ein Bekannter von mir, der meinte sich da etwas auszukennen, sagte es handle sich in meinem Fall wahrscheinlich um einen Dämon, da das Verhalten nicht zu einem Geist passen würde.

Ich selbst weiß nicht, was ich davon halten soll - dass es an mir zu liegen scheint, bemerke ich ja auch, aber einen Dämon hätte ich nicht so gerne an mir kleben. Der Großvater einer Freundin meinte nun auch, er wolle mir mal geweihtes Salz und Wasser geben, aber ob das etwas bringt, ist ja auch fraglich wenn man nicht weiß, um was es sich handelt.

Heimsuchung

Mein Vater verstarb am vor 7 Jahren, nach 3 Jahren Krebs. Meine Mutter und mich traf das natürlich sehr und wir klammerten uns an jeden Strohalm. Am Abend an dem mein Vater verstarb, war es schon sehr seltsam, wir hatten das Gefühl das wir nicht alleine waren. Es war sehr komisch so kalt. Wir dachten uns nichts dabei da alles ja frisch ist und einem gerne die Sinne durchgehen bei solch einem Verlust.

Doch nach so ca. 2 Monaten hörte ich abends, wie meine Mutter vor seinem Bild stand und sagte, Harald, gib mir ein Zeichen, das es dir gut geht, zeige uns, das du noch bei uns bist. Jetzt erklärt mich nicht für verrückt aber seither halten wir es in der Wohnung fast nicht mehr aus. Es passieren Dinge, die vorher noch niemals passiert sind, nicht mal Ansatz weise. Es knarrt in der Wohnung, obwohl dort keiner läuft und unser Boden knackt nicht wenn wir laufen. Es ist Beton mit Teppich. Wenn wir im Esszimmer sitzen, hört man wie jemand auf das Sofa sitzt aber wir beide nicht im Wohnzimmer sind. Es kam sogar schon vor, das der Teppich, den wir auf dem Sofa ausgebreitet haben, auf einmal nach dem Geräusch eine Sitzmulde hatte, oder wir saßen beide in einem Zimmer, auf einmal machte es in der Küche einen Schlag und mein Schlüssel, der an einem Brett hängt, lag neben unserer Spüle, dazwischen liegen knapp 2 Meter. Wir hatten richtig Angst.

Als wir beim Fernsehen dann einmal ein Laufen hinter uns hörten und uns wieder so kalt wurde (was von der Angst kommen kann), schrie meine Mutter Harald, hör doch auf, uns Angst zu machen und ab da war bis heute Ruhe.

Wir achteten sehr genau darauf, ob noch Irgendwas passiert doch es war nichts. Dan heute Nacht, als wir nicht mehr schlafen konnten, es war so gegen 4, standen wir auf und meine Mutter ging ins Wohnzimmer um die Rollläden hochzuziehen. Sie stand an Ihrer Blume und sagte, schau mal wie lustig die im Stockdunkeln aussieht und ich stand so neben ihr und auf einmal knarrte es wie Schritte und hinter uns knurrte es sehr laut, wie wenn ein bissiger Hund hinter uns steht.

Wir rannten aus dem Zimmer und hatten richtig Angst, weil es war so echt und solch ein Geräusch kann nirgends her kommen, da wir nichts haben das so tut. Das richtig Schlimme daran ist, das meine Mutter mir erzählte, das Sie am Freitag einen Traum hatte, in dem Sie von einem Monster heimgesucht wurde, das auf Ihr saß und Sie anknurrte wie ein tollwütiger Hund. Wir haben wirklich Angst weil wir nicht wissen was das sein kann.

Das Bett der Großtante

Mittlerweile bin ich 43 Jahre alt und bin immer noch "geschädigt" von Erlebnissen aus meiner Jugendzeit. Ich war ca. 14 Jahre alt, als in meinem Elternhaus seltsame Dinge passierten. Es fing an, als ich mit meiner Mutter abends im Wohnzimmer saß. Wir sahen fern und hörten, wie im Flur die Türklinke gedrückt wurde (sie quietschte zu der Zeit). Wir dachten, mein Vater kommt heim - das war aber dann doch nicht so.

Meine Mutter erzählte am nächsten Tag, das sei in der Nacht auch noch mal passiert. Es ging dann über Jahre so weiter, dass nachts an die Tür geklopft wurde. Wir haben im Treppenhaus jemanden die Treppe rauf und runter laufen hören und die Krönung war dann, dass ich nachts in den Keller ging und mir was zu trinken holen wollte, als eine alte Frau meinen Namen sagte.

Ich ließ die Flasche fallen und stürmte hoch. Ich war mal allein daheim und im Flur kam mir ein lilafarbener Schatten entgegen und ging wieder ins Treppenhaus. Ich wurde halb wahnsinnig vor Angst und blieb nie wieder allein daheim. Als mein Freund mich besuchte, hörten wir Lärm auf dem Dachboden und sahen nach. Da stand ein Bett mittendrin und es roch schrecklich. Als ich es am nächsten Tag meinen Eltern erzählte, sagten sie, dass ein Bett zerlegt in der Ecke steht, aber noch nie aufgebaut war.

Ich überzeugte mich davon und das Bett stand tatsächlich auseinandergebaut in der Ecke. Wir forschten nach und meine Oma erzählte, dass es das Bett ihrer Großtante war, die auch meist lilafarbene Kleider trug. Meine Eltern entschlossen sich, das Bett zu verbrennen und seitdem waren nie wieder irgendwelche Vorfälle. Ich kann seitdem immer noch nicht nachts in den Keller oder in den Speicher gehen. Auch in meiner jetzigen Wohnung nicht. In der Wohnung meiner Eltern habe ich nachts immer noch Angst.

Das Haus in Frankreich

Der neue Mann meiner Mutter hat mir vor einer Woche eine unheimliche Geschichte erzählt:

Sein Sohn aus erster Ebene, der etwa Mitte 30 ist, ist mit seiner Freundin und deren Hund in diesem Sommer im Urlaub nach Frankreich gefahren, um dort eine Woche lang in einem schönen Haus zu wohnen. Sein Sohn ist absoluter Rationalist und glaubte bisher nicht an Geister.

Nun gut:
Das Haus war sehr schön, ein Garten und zwei Etagen... oben das Bad und das Schlafzimmer. Da mir die Geschichte nur erzählt wurde, werde ich sie chronologisch wahrscheinlich verkehrt wiedergeben, aber das, was ich schreibe, muss wohl so passiert sein:

In der ersten Nacht (und dies war auch garantiert die erste Nacht), schliefen beide tief und fest. Am nächsten Morgen stellten beide einen kleinen Blutfleck auf ihrem Bettlaken fest. Zuerst dachten sie, dass ihr kleiner Hund sich während der Nacht aufs Bett gelegt hätte und sie untersuchten ihn nach Zecken oder Wunden. Sie fanden nichts. Vom Hund konnten wohl die Blutspuren nicht stammen - von ihnen auch nicht, wie sie später nach Untersuchungen feststellten.

Am nächsten Tag lag ihr Hund auf dem Bett und einer von beiden wohl auch. Plötzlich kläfft der Hund und fällt vom Bett (Als ob jemand ihn hinuntergeschubst hätte). Der Hund schaut verstört auf dem Fußboden. In der nächsten Nacht wachte der Sohn in der Nacht auf und nahm ein "knarren" auf einer der oberen Stufe zum Schlafzimmer wahr. Logisch das dort keiner war. Seine Frau und der Hund waren wohl in Sichtweite. In der nächsten Nacht war es sehr schwül. Nachts wachte der Sohn auf und öffnete das Fenster im Schlafzimmer und das Fenster im Badezimmer (wie gesagt beide im Obergeschoss und an einem abfallenden Dach, schwer zu öffnen wie bei Dachfenstern zu erwarten). Am nächsten Morgen waren beide Fenster geschlossen. Seine Frau schloss sie nicht, ebenso er nicht. An dem Abend des nächsten Tages saßen sie beide unten im Wohnzimmer mit ihrem Hund. Plötzlich rannte ihr Hund zur Treppe und bellte nach oben, wedelte mit dem Schwanz als ob oben einer an der Treppe jemand stehen würde. Dort stand keiner, als beide nachschauten und für diesen Hund war diese Reaktion total untypisch. Der machte das davor noch nie.

Zu guter Letzt saßen der Sohn und seine Frau an einem der letzte Nachmittage im Garten, als sie plötzlich ihren Hund hörten, der oben im Schlafzimmer auf dem Bett lag und döste. Er rannte rauf und sah den Hund ganz verstört neben dem Bett sitzen. Er muss wirklich den Eindruck gemacht haben, als ob ihn jemand vom Bett geschubst hätte. An diesem Abend stolperte die Frau über eine der oberen Stufen und stürzte leicht. Wie das passierte konnte, konnte sie sich nicht erklären.

Allerdings meinten beide, dass so etwas durchaus einmal passieren kann. Am letzten Tag übergaben sie den Schlüssel ihrem Vermieter und der fragte sie während des Gesprächs ob in der Woche alles normal verlaufen wäre; dabei fuchtelte er mit seiner Hand an seinem Kopf herum. Der Sohn und seine Frau sagten, dass soweit alles in Ordnung war... Von den merkwürdigen Erlebnissen wollte sie nicht berichten.

Der Mann schaute recht erleichtert und verschwand.

Unheimliche Heilung

Mein Ereignis geschah vor zwei Wochen. Wurde gegen 3 Uhr morgens wach und konnte nicht mehr schlafen. Zeitgleich schaltete ich den Fernseher und den PC ein, legte mich aber dann auf die Coach und kontrollierte meinen Wecker nochmals, weil ich ja morgens um 6 aufstehen musste wegen Arbeit. Ich schloss die Augen aber war hellwach.

Hörte den PC laufen und auch den Fernseher und dachte über den letzten Tag nach. Plötzlich hörte ich ein leises Klopfen, welches eine Etage unter mir zu sein schien. Instinktiv wusste ich, das irgendwas nicht stimmte und bekam es mit der Angst zu tun. In diesem Augenblick wurde das Klopfen immer stärker und ich hatte das Gefühl das irgendwas durch die Wand kam. Ich merkte wie ich in einen Zitterzustand verfallen bin und dann hatte ich plötzlich keinerlei Möglichkeit mehr mich zu bewegen.

Dann versuchte ich zwanghaft, die Augen zu öffnen, was mir nicht gelang. Irgendetwas sagte mir dann, das ich keine Angst haben müsste und ich entspannte mich. Was dann geschah läuft mir schon wieder kalt den Rücken runter wenn ich daran denke. Ich hatte ein Gefühl das die ganze Coach wie eine Welle hin und her schwankte und dann irgend etwas durch meine Bandscheiben ging und merkte dann wie es durch den Körper recht langsam in Form einer Welle wieder am Oberkörper austrat. Währenddessen hatte ich den Eindruck dass die Coach heftig vibrierte. Danach war alles wieder normal. Das Klopfen war weg, ich konnte die Augen öffnen und das Komische: der Raucherhusten war seit der Nacht nicht mehr da.

Ich schaute auf den Wecker und der Vorfall hat gerade mal 5 min gedauert. Ich weiß dass sich das alles recht seltsam anhört, aber es ist so, wie ich geschildert habe vorgefallen und kann mir das nicht erklären. Ein Traum war es auf keinen Fall.

Heimsuchung der kleinen Kinder

So langsam weiß ich echt nicht mehr, was ich noch davon halten soll. Ich berichte nun erstmal von den aktuellen Geschehnissen:
Seit 4 Monaten wohne ich mit meinen drei Kindern und meinem Mann in einer neuen Wohnung. Vor drei Monaten fing es damit an, dass ein Kinderspielzeug im Laufstall im Wohnzimmer einfach so umfiel (Zugluft oder ein voriger wackeliger Stand kann ausgeschlossen werden), als mein Mann und ich uns im Schlafzimmer unterhielten.

Ein anderes Mal waren mein großer Sohn (5) und der Mittlere (2) zusammen im Kinderzimmer und spielten, während mein Mann und ich im Schlafzimmer waren, als wir auf einmal beide eine tiefe männliche Stimme rufen hörten "Hallo, hallo, wo seid ihr?" (in Zimmerlautstärke, von draußen kann es nicht gekommen sein, Fenster waren zu und wir wohnen im 4.ten Stock) und die Jungs antworteten mit "Hallo, wir sind hier".

Darüber erschrocken stürmten wir ins Kinderzimmer und ich fragte den Großen, mit wem sie gesprochen haben und er wurde rot und meinte "mit Niemandem".
Ein weiteres Mal sahen wir im Wohnzimmer, wie Ballons über den Fußboden flogen, als hätte man mit ihnen gespielt (auch da kann Zugluft ausgeschlossen werden, da alle Fenster geschlossen waren und wir nicht mit im Raum waren).

Hin und wieder glaube ich, Schritte hinter mir zu hören.
Letzte Woche wurde mein Mann neben mir panisch wach,
weil er glaubte, die Stimme aus dem Kinderzimmer hätte
ganz nah neben ihm mit ihm gesprochen (habe ich selbst
nicht mitbekommen).

Gestern Nacht dann schrie mein Jüngster (11 Monate)
plötzlich auf und auf einmal klang es dann so, als hätte
man ihm den Mund zugehalten! Als mein Mann ins
Kinderzimmer kam hörte das plötzlich wieder auf.
Und jetzt, heute Nacht kam mein Mittlerer (der Große
schläft auswärts) völlig erschrocken aus seinem Zimmer
gerannt und schaute hinter sich als wäre da jemand; er
wollte partout nicht mehr in sein Bett und erzählte
nachher die Wand habe ihm weh getan und sagte weiter,
dass Hände aus der Wand gekommen sind; mein Mann
roch anschließend im Kinderzimmer Zigarrenduft (den
Duft oder auch ein bestimmtes Parfum, was er aber nicht
beschreiben kann, außer dass es weiblich riecht, nimmt er
seit ein paar Monaten Orts unabhängig wahr; bspw. wenn
er auf einem Feld arbeitet), (sicher könnte man sagen,
dass das Kind schlecht geträumt hätte, aber dazu sollte
man die weitere Vorgeschichte kennen).

In der letzten Wohnung in der wir gemeinsam lebten,
fielen Dinge auf einmal um, ohne dass sie jemand berührt
hätte (ein Buch, dass auf der Seite lag, fiel von einem
Highboard mir zu Füßen, oder ein Feuerzeug, dass auf
einem Bügelbrett abgelegt war fiel einfach so neben
mich).

Einmal stand ich nachts auf, um meinem Jüngsten eine

Flasche zu machen und als ich in der Küche war, hatte ich das Gefühl jemand stünde hinter mir und wollte mich an der linken Schulter berühren, das Gefühl war so intensiv, dass ich panisch wieder ins Schlafzimmer rannte. Ein paar Nächte darauf sah ich einen schwarzen Schatten von der Küche ins Wohnzimmer wandeln. Diesen schwarzen Schatten sah mein Mann auch hin und wieder.

In der vorletzten Wohnung (mein Großer war zu dem Zeitpunkt keine 2 Jahre alt), kam dieser auf einmal nachts völlig verängstigt aus seinem Zimmer gerannt. Mehrere Versuche ihn wieder ins Bett zu bringen, schlugen mit dem gleichen Ergebnis fehl.

Irgendwann wurde ich neugierig und stellte eine Kamera auf und brachte meinen Sohn erneut ins Bett. Nachdem ich die Türe hinter mir schloss, hörte man genau, wie er plötzlich wieder anfing zu weinen und aus dem Bett kletterte und zur Tür trippelte. Nachher sahen mein Mann und ich uns das Video an, und wir sahen eindeutig wie sich am Fußende ein Spielzeug drehte (mein Sohn kam nicht dran).

Ein weiterer Versuch ihn hinzulegen (ohne Kamera) lässt mich heute noch schaudern. Mein Mann und ich hatten ihn gerade hingelegt und standen hinter der Kinderzimmertür, als wie eine Stimme flüstern hörten und meinen Sohn wieder aufschreien, dann hörte man ihn wieder aus dem Bett klettern und zur Zimmertüre trippeln; in dem Moment als er ganz nah an der Türe war und ich gerade öffnen wollte, schrie er laut auf und es polterte. Ich riss die Tür auf und mein Sohn lag in einer anderen Zimmerecke!!! (er kann definitiv nicht gestolpert sein, davon bin ich überzeugt, er hätte dann mit einer Größe von nichtmahl 1 Meter über 2 Meter gestolpert sein müssen)

Ich will nicht mehr, dass DAS (was auch immer, oder wer auch immer das sein mag) noch mal an die Kinder geht; es macht mir mittlerweile wirklich Angst, da sich die Erlebnisse derzeit so häufen und steigern.

Nach dazu: Mit 16/17 habe ich Dinge in einem Haus erlebt die noch massiver waren als das, und ich habe keine Ahnung ob es damit einen Zusammenhang gibt. Die Personen die in diesem Haus lebten, haben vor lauter Verzweiflung eine "Hausreinigung" durch einen Schamanen vornehmen lassen.

Das Haus, wo sich mein Vater erhängte

Vor sieben Jahren hat sich mein Vater in unserem Haus auf dem Dachboden erhängt, wir sind kurze Zeit später da ausgezogen und kommen seitdem nicht dazu, es auszuräumen um es zu verkaufen. Denn seit diesem Tag, na ja, stimmt irgendetwas dort nicht, Luna, unser Hund, hat nachts auf der Bettkante bei meiner Mutter gesessen und so gut wie die ganze Nacht in den Flur geguckt. Wir dachten, das sei ganz normal, sie hofft er kommt wieder und schaut bei jedem Geräusch, das ganze hat sie aber auch 1 Monat danach noch gemacht.

Außerdem ist Lunchen zu der Zeit ein halbes Jahr alt gewesen und war natürlich nicht zu beruhigen, wenn alle aus der Wohnung raus waren. An dem Morgen, als mein Vater sich das Leben genommen hat, war ich in der Schule und meine Mutter war längere Zeit unten in der Waschküche beschäftigt.

Mein Vater hat die Wohnung verlassen und Luna hat kein Geräusch von sich gegeben denn wenn sie gebellt hätte, wie immer, hätte meine Mutter es gehört und nach dem Rechten gesehen.

Seitdem ist mir das ganze Haus unheimlich, genauso wie meiner Mutter. Unsere Untermieterin hat uns berichtet, das seitdem wir dort ausgezogen sind, die Lichter in der Wohnung manchmal an und aus gehen.

Das glauben wir ihr auch, sie macht bestimmt keine Scherze. Das Licht ist übrigens immer aus und es ist vorher noch nie einfach so angegangen. Meine Mutter hatte mir vor ca. 3 Wochen erzählt sie habe keinen Handyempfang mehr in der Wohnung, was ich ihr natürlich nicht geglaubt habe bis ich es selbst gesehen habe, vorher hatte sie immer guten Empfang.

Gestern wollte sie aufs Erbschaftsgericht und musste vorher noch eine Sterbeurkunde aus dem Haus holen, aber sie war weg, Das Buch genauso wie der einzelne Zettel. Bilden wir uns das alles nur ein? Oder ist da vielleicht was Wahres dran? Besonders die Sache mit den Lichtern und dem Handyempfang machen mir Angst.

Herstellung und Verlag:
BoD - Books on Demand, Norderstedt
ISBN 978-3-7431-7859-5